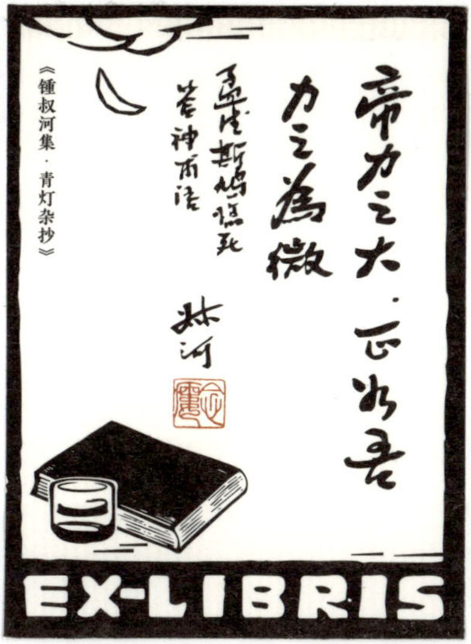
《锺叔河集·青灯杂抄》
帝力之大，正如吾力之為微
孟德斯鸠临死答神甫语
叔河
EX-LIBRIS

青灯杂抄

锺叔河集

The collected works of Zhong Shuhe

6

青灯杂抄

岳麓書社 · 长沙

我的杯很小，但我用我的杯喝水。

——缪塞

著者说明

《青灯杂抄》六辑，前五辑收读书记一百五十六篇。第一辑三十二篇多作于二〇〇一年，大半曾收入《念楼集》（安徽教育出版社，二〇〇三年）；第二辑三十二篇作于二〇〇二年，大半曾收入《偶然集》（凤凰出版社，二〇〇三年）；第三辑二十二篇作于二〇〇三年，均曾收入《天窗》（湖南文艺出版社，二〇〇四年）；第四辑三十七篇作于二〇〇四年；第五辑三十三篇多作于二〇〇五年。第四辑、第五辑合计七十篇有五十九篇收入《青灯集》（湖北人民出版社，二〇〇八年），篇数最多。

《青灯杂抄》书名前二字承袭《青灯集》，后二字说明比较正经和专门的文章已入别卷，此一卷全是杂览的杂抄。

这些杂抄的初稿，最初都发表在“北上广深”报纸上，专栏多称《念楼小抄》，并曾以此作为书名印行（清华大学出版社，二〇一三年）；但在收入《念楼》《偶然》等集时，文字改动很多，不少篇都重新写过，题目亦有变动。本卷只收改本，初稿不再收录，序言亦系新作。

第六辑四篇，则是报刊发表的四组题记（共三十则），其未刊者为数尚多，收集整理，当俟异日。

二〇二〇年十一月　锺叔河

【图一】『青灯』和『小抄』

（上）《青灯集》（湖北人民出版社・二〇〇八）

（下）《念楼小抄》（清华大学出版社・二〇一三）

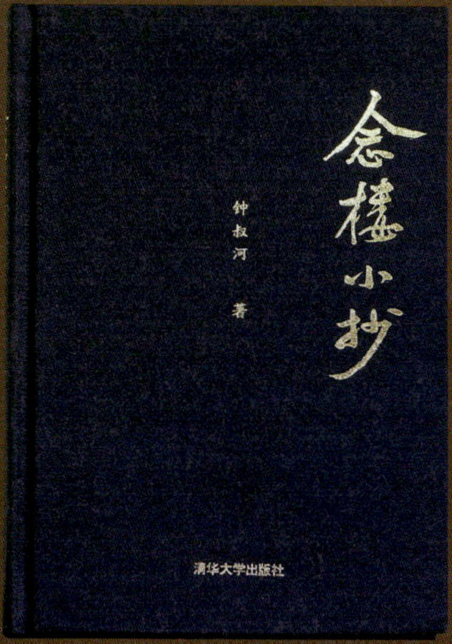

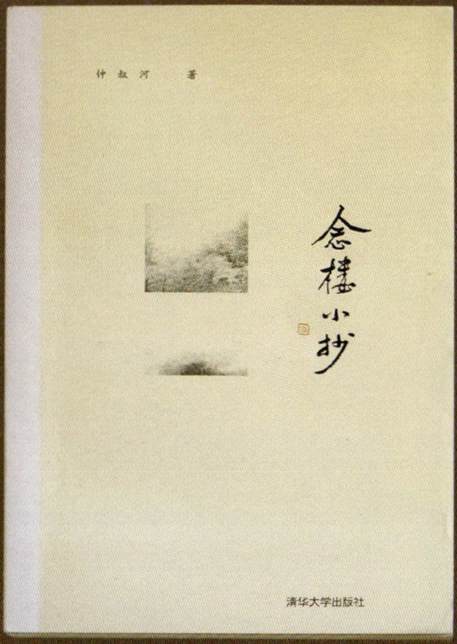

［图二］“小抄”在北京

（下）《新京报》《念楼小抄》专栏从二〇〇四年到二〇〇六年，一共刊出六十多期

［图三］“小抄”在上海

2002年5月10日

念楼小抄

小引　“念楼小抄”从文体着眼，这是“文人不屑为，学人不肯为的，我却乐于为之。自己没本事写长也怕看长文当然是最初的原因，但过眼稍多，便觉得看文亦犹看人，身材长相毕竟不最重要，吸引力还在思想、气质和趣味。选抄既久，积得若干，有报刊来索稿，便不免从中取材，偶尔也发表一点抄后感。借题发挥，则吾岂敢。

二千零二年四月十三日，钟叔河于长沙城北之念楼

读陶渊明诗集

■钟叔河

听说江州东林寺里，有陶渊明的诗集出售，正准备打发人去买。恰好在江州做官的李君给我送来了一部，忙接过来，翻开一看，字大悦目，纸张厚实，不禁满心欢喜。

从此，我一天也没有离开过这部陶渊明诗集。每当身心略感疲劳，或者觉得有点无聊的时候，便拿起诗集读他一首。只读一首，绝不多读。只怕这些诗很快被我读完，在以后的日子里，就更加无法排遣难堪的寂寞了。

念楼曰：　有岛武郎说：“我因为寂寞，所以创作。”苏东坡在这则短文中表达的意思则是：我因为寂寞，所以读诗。

难道读诗只是为了排遣寂寞么？

难道读诗不是为了排遣寂寞么？

东坡最爱陶诗，曾作《和陶诗》一百二十首，又曾对自己弟弟子由说过：“吾于诗人无所甚好，独好渊明之诗。渊明作诗不多，然其诗质而实绮，癯而实腴，自曹刘鲍谢李杜诸人，皆莫及也。”可谓评价极高。对于他最爱的这些“不多”的诗，想必他每首早已读过千百遍。这时又“辄取读”，而且每读“不过一篇”，“惟恐读尽后无以自遣”。这是为什么，难道不是为了尽量慢慢地品尝，尽量多留下点新鲜感，借以排遣难堪的寂寞么？惟书痴、书淫始能进入此境界，未深知读书三昧者，盖不足以语此也。

[附原文]　余闻江州东林寺，有陶渊明诗集，方欲遣人求之，而李江州忽送一部遗予，字大纸厚，甚可喜也。每体中不佳，辄取读，不过一篇，惟恐读尽后无以自遣耳。（苏轼《书渊明羲农去我久诗后》）

（上）上海《文汇读书周报》二〇〇二年五月十日刊出第一篇《念楼小抄》

念楼小抄

考考官的文章

■钟叔河

小张的文章，去应考没有考上。现在把它印出来，不是为了说明小张的考运不佳，而是为了说明：小张的考运不佳，原因还在他自己的文章上。

应试做八股文章，范围本来很窄。硬要用古字古文，像上帝召凡人去写天上白玉楼落成的文章，又不是给七岁能诗的鬼才李长吉看，其不能被赏识，难道不是很自然的吗？

小张拿印成的文章给我看，看得我目瞪口呆。我说：“这哪能是考官考学生的文章啊，简直是学生考考官的文章呀！”听到的人，无不哈哈大笑。

[念楼曰]　黄裳称张岱为“绝代的散文家”，谓其文有一特点，即“绝不与别人相同”。以前周作人亦颇赏张氏之文，说“他的特色是要说自己的话”。两人的说法其实都一样，也就是我爱读《琅嬛文集》和《陶庵梦忆》的原因，不过译起来又不免点金成铁了。

李商隐所作小传，云“长吉细瘦通眉长指爪，能苦吟疾书”，“将死时，忽昼见一绯衣人，驾赤虬，持一版书，若太古篆或霹雳石文者，云当召长吉。长吉……下榻叩头。……绯衣人笑曰：帝成白玉楼，立召君为记，天上差乐，不苦也。”这是类似宋玉《招魂》、王尔德《渔人和他的魂》的写法，正适合写李长吉这样的少年鬼才。张岱在这则短文中，用的便是《李贺小传》中的典故。

（右）十七日又刊出了第二篇《念楼小抄》。共刊出十五篇

［图四］"小抄"在广州

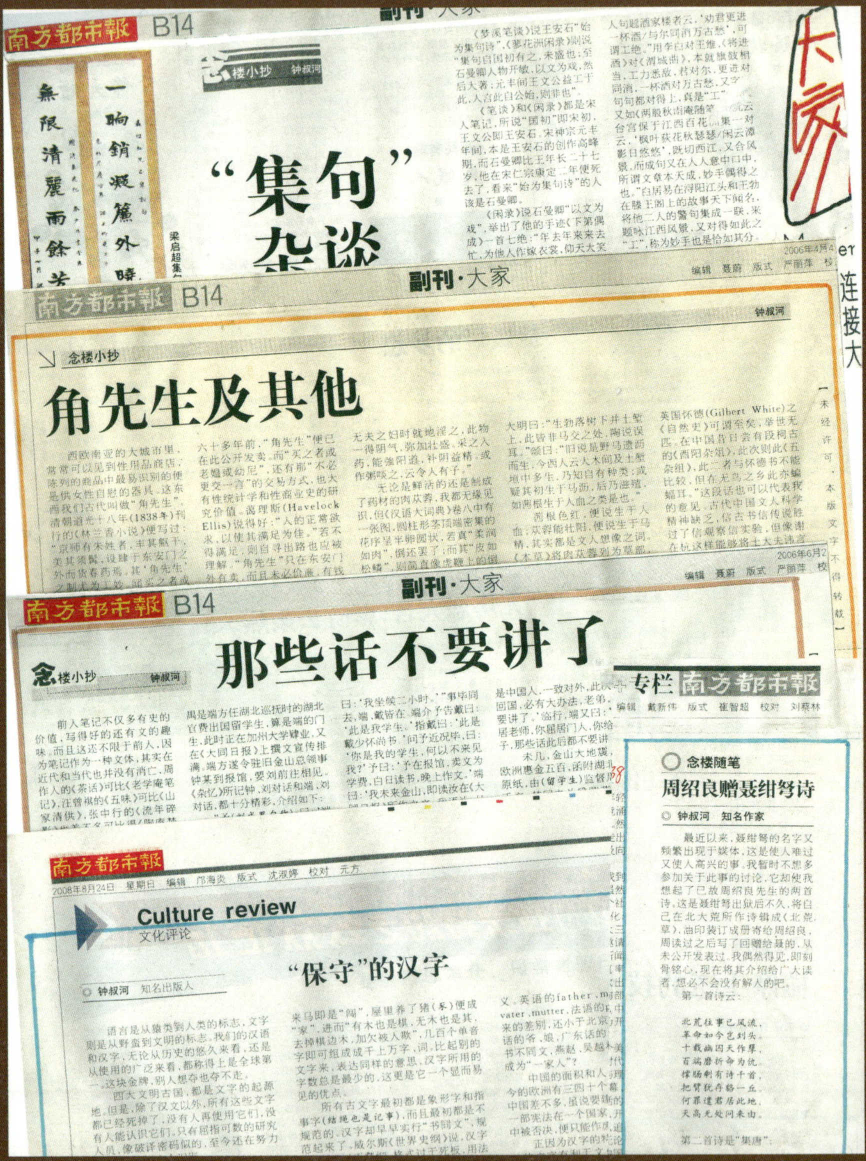

（上）《南方都市报》的《念楼小抄》专栏到二〇〇八年才改名《念楼随笔》

［图五］“小抄”在深圳

（上）开头是《深圳商报》，接着是《深圳特区报》

［图六／图七］『小抄』在湖南

念楼小抄

□文/钟叔河

写墓志

陆游的《老学庵笔记》，人民日报图书馆藏有傅青主手批明刊本一部，为邓拓任社长时购得交公者，曾得见其复印本，拟影印出版未果，是我的一桩憾事。其中有意思的记载颇多，如"晏尚书景初作一士大夫墓志以示朱希真"一则便是。

晏景初为一位死去的士大夫写墓志，大约等于现在的悼词加纪念文章罢。写成以后，先给朱希真去看，请他提意见。朱说道："写得很好，不过有一处地方我觉得最好再加几个字。"

晏氏问是哪一处，朱却再也不肯说了，在一再追问下，才指着"有文集十卷"五个字道："就在这下面。"

"你觉得应该加几个什么字呢？"

"'不行于世'四个字。"

晏氏想了想，认为不错，于是便提起笔，在"有文集十卷"之后加上了"藏于家"三个字。

尚书等于今之正部长，肯为之写墓志，死者的身分不问可知，当然是既有权，又有钱的啰。若在今日，其"著作"岂不早就出版发行了么，虽然也许不免一大包一大包地摞在下属的办公厅、宣传部或者老干办里，反正一切都是公款报销，别人操办。及其死也，更是门生故吏表达"感情"、显示关系的好机会，至少也可以借此露一露自己的脸，"遗集"和"纪念文集"只怕比墓志铭杀青得还要快。此今昔之不同也，呜乎！

念楼小抄

□文/钟叔河

李和儿

《老学庵笔记》是陆放翁的文章，虽然谭嗣同曾批评"放翁文士多琐语，不足为著述"，但我觉得描写琐细正是文章生动传神处。我们并不是做学问的人，不一定只读正经的著述也。

《笔记》中有条写到故都（汴京即开封）的炒栗子，云"李和家炒栗名闻四方，他人百计效之，终不可及"。后来金兵攻入汴京，被赶到南方来的人，再想吃李和家的炒栗便没有了可能。南宋绍兴年间，陈、钱等人出使金国，到了燕京，"忽有两人持炒栗各十裹来献，三节人（使团的随从）亦人得一裹"。来的人不便多言，只哽咽地说了一句：

"是李和家的啊！"便流着眼泪转身走开了。

这实在是一则文情并茂的短文。后来以考证学问见长的赵翼的《陔馀丛考》、郝懿行的《晒书堂笔录》都提到它。赵、郝都是乾嘉时人，赵云"今京师（北京）炒栗最佳"，大约就是"金破汴后流转于燕，仍以炒栗世其业"的李和儿家的遗法。郝书则详述北京炒栗子的操作和用料，而对陆放翁"虽著记而不能究言其详"表示惋惜。

赵、郝的文字均佳妙，但正如周作人所说的，他们"与放翁原来的感情却不相接触，……在炒栗中自有故宫禾黍之思，后之读者安于北朝与安于江左相同，便自然不能觉得了。"这是很深刻的一句话。

周氏《药味集》中有《炒栗子》一篇，并有诗云："燕山柳色太凄迷，话到家园一泪垂，长向行人供炒栗，伤心最是李和儿。"即"偶食炒栗，记起放翁来"时之作也。

（上／左）《湘声报》二〇〇三年至二〇〇四年的专栏

（右）《文学界》将『小抄』抬举为『散文』

［图八］《青灯集》中的“小抄”

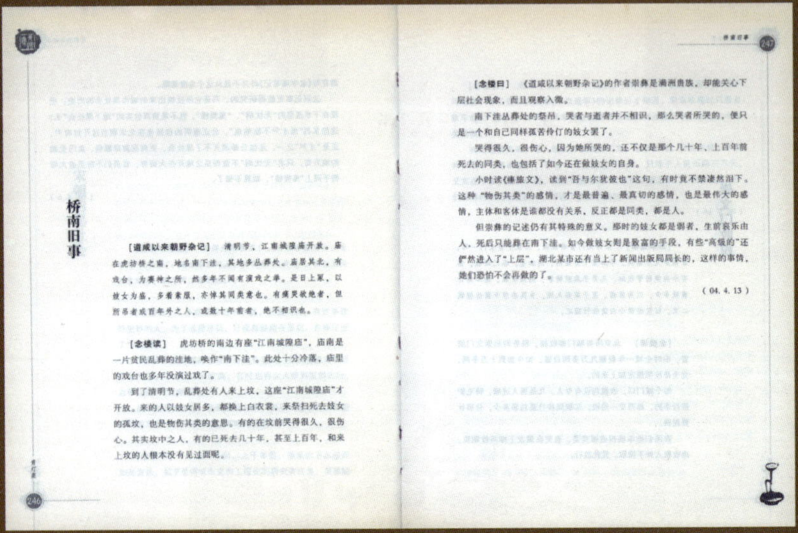

246

桥南旧事

［道咸以来朝野杂记］　清明节，江南城隍庙开放。庙在虎坊桥之南，地名南下洼，其地多丛葬处。庙居其北，有戏台，为赛神之所，然多年不闻有演戏之举。是日上冢，以妓女为盛，多着素服，亦悼其同类意也。有痛哭欲绝者，但所吊者或百年外之人，或数十年前者，绝不相识也。

［念楼读］　虎坊桥的南边有座“江南城隍庙”，庙南是一片贫民乱葬的洼地，唤作“南下洼”。此处十分冷落，庙里的戏台也多年没演过戏了。

到了清明节，乱葬处有人来上坟，这座“江南城隍庙”才开放。来的人以妓女居多，都换上白衣裳，来祭扫死去妓女的孤坟，也是物伤其类的意思。有的在坟前哭得很久，很伤心。其实坟中之人，有的已死去几十年，甚至上百年，和来上坟的人根本没有见过面呢。

247

［念楼曰］　《道咸以来朝野杂记》的作者崇彝是满洲贵族，却能关心下层社会现象，而且观察入微。

南下洼丛葬处的祭吊，哭者与逝者并不相识，那么哭者所哭的，便只是一个和自己同样孤苦伶仃的妓女罢了。

哭得很久，很伤心，因为她所哭的，还不仅是那个几十年、上百年前死去的同类，也包括了如今还在做妓女的自身。

小时读《祭旅文》，读到“吾与尔犹彼也”这句，有时竟不禁凄然泪下。这种“物伤其类”的感情，才是最普遍、最真切的感情，也是最伟大的感情，主体和客体是谁都没有关系，反正都是同类，都是人。

但崇彝的记述仍有其特殊的意义。那时的妓女都是弱者，生前哀乐由人，死后只能葬在南下洼。如今做妓女则是致富的手段，有些“高级的”还俨然进入了“上层”，湖北某市还有当上了新闻出版局局长的，这样的事情，她们恐怕不会再做的了。

（04. 4. 13）

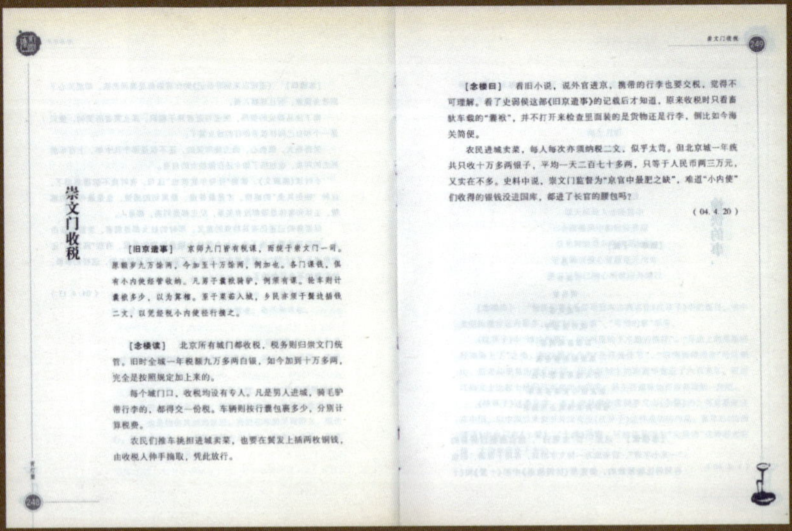

248

崇文门收税

［旧京遗事］　京师九门皆有税课，而统于崇文门一司。原额岁九万余两，今加至十万余两，例加也。各门课钱，俱有小内使经管收纳。凡男子囊袱骑驴，例须有课。轮车则计囊袱多少，以为算榷。至于菜茹入城，乡民亦须于鬓边插钱二文，以凭经税小内使径行摘之。

［念楼读］　北京所有城门都收税，税务则归崇文门统管。旧时全城一年税额九万多两白银，如今加到十万多两，完全是按照规定加上来的。

每个城门口，收税均设有专人。凡是男人进城，骑毛驴带行李的，都得交一份税。车辆则按行囊包裹多少，分别计算税费。

农民们推车挑担进城卖菜，也要在鬓发上插两枚铜钱，由收税人伸手摘取，凭此放行。

249

［念楼曰］　看旧小说，说外官进京，携带的行李也要交税，觉得不可理解。看了史弱侯这部《旧京遗事》的记载后才知道，原来收税时只看畜驮车载的“囊袱”，并不打开来检查里面装的是货物还是行李，倒比如今海关简便。

农民进城卖菜，每人每次亦须纳税二文，似乎太苛。但北京城一年统共只收十万多两银子，平均一天二百七十多两，只等于人民币两三万元，又实在不多。史料中说，崇文门监督为“京官中最肥之缺”，难道“小内使”们收得的银钱没进国库，都进了长官的腰包吗？

（04. 4. 20）

（上）《青灯集》一百二十三篇有八十二篇为“小抄”

目　录

·第二辑·

·第三辑·

·第四辑·

·第五辑·

·第六辑·

·图版目录·

自序

有的编辑自称“杂家”，我则以为，“杂家”这个词，和“杂文”一样，都是为了挤进“家”和“文”的大门，勉强从名词堆里找出来古为今用的，并不乐于使用。

以编辑为业，原说为人作嫁，今云守土有责，都不能自作主张。不能自作主张，今年编曾国藩，明年编周作人，自然无法“术业有专攻”，无法成为专家。

和“专”相对的是“杂”。无法“专”而想成“家”，于是称“杂家”。我则本无成“家”的条件，对于“专”更不抱幻想。但如果去掉“家”，只称“杂”，却并不敢辞。一九五七至一九七九年，从在报社充杂役到在茶场当勤杂，干过各种各样的杂活。偷空看书，只能有啥看啥，也是真正的杂览。有时自不量力，想来作点笔记，于是摘摘抄抄，但抄也抄不出什么大名堂，只能算作小抄。

这些“小抄”先发表在报纸副刊上，曾辑印成《念楼小抄》一册，又曾在修改后收入自己的文集。因为收入《青灯集》的篇数比较多，此次最后成书，便题名《青灯杂抄》，虽然如今夜里的灯光早就不青，自己也早就不能夜读，更不能抄了。

二〇一九年九月二十六日，锺叔河时年八十九岁。

第一辑

狗比主人凶*

（1991.4）

《玉照新志》五卷，南宋王明清撰，有上海书店影印涵芬楼《宋人小说》本。其末卷之首尾两则，很能发人深省。

两则记事都不过数行。首则记秦桧杀岳飞父子后，将岳氏遗属遣送福建，日给少量钱米，以活其命。此时地方官某建议停止此项供应，将岳家老小活活饿死，说：

> 叛逆之后，不应存留。乞绝其所急，使尽残年。

秦桧却未批准照办，只将抄件付岳家一看，以示“宽大”。

末则则更有意思，记宋仁宗修了新宫殿，百官照例要作诗祝颂，有人写的诗中有两句很触犯忌讳：

> 秦帝宫成陈胜起，
> 明皇殿就禄山来。

* 原题“读《玉照新志》”。

被检举出来，呈交皇上。皇上却只念了头一句“朱衣吏引上高台”，马上表态：“这算什么诗，还值得看吗？”便将其丢在一旁，不再过问了。

西谚云“狗比主人凶”，读《玉照新志》乃深有同感。夫狗与主人，立场初无二致，宋帝未始不鉴举发者之忠心，秦太师亦未尝不赏建议者之积极，而卒不能不使之扫兴者，盖轻重有所不同也。狗的希望不过一块骨头，主人却要顾及他整个的家业。这一点，《玉照新志》的作者也是看到了的，所以他才发表了如下的议论：

> 呜呼！昭陵岂不见全篇？倘尽以过目，则不可回互矣！此尧舜之用心，宜乎享国长久。

“尧舜之用心”云云，当然是多馀的话。我读笔记，从不喜看议论，即使它说得全对，如作者之痛骂建言的地方官“士大夫为官爵所钓，用心至是，可谓狗彘不食其馀矣！”也总觉得词费。笔记文应该以精炼的笔墨勾画出时代的特征，给天下后世留下几幅人间世速写，即此知微见著，因小及大，可补正史之不足，更重要的是能将个人眼中的世态写真保存，国民精神的优越性与劣根性于是乎见。在这里，过多的议论是不必要的，用事实说话便已经足够了。至于后人的读后感如何，恐只能付诸各人的禀赋和造化。正如古笑话说的，塾师令学生咏碾槽，缴卷或云“一轮明月照孤舟”，或云“××啃烧饼”，都不能说不切题也。

辽宁教育出版社俞晓群君要编《国学丛书》，来约我写一本《宋人笔记》。我于弘扬国学这个大任务颇觉踌躇，现在看来，这件事倒是值得做的，怕只怕自己国学太差，做出来“何足观耶”，又未必能幸运地遇上秦太师或昭陵陛下，那岂会不成为“樊恼自取”了吗？

能病死多好啊*

（1991.6）

上海书店陆国强君寄赠影印《宋人小说》，收有孔平仲撰《珩璜新论》一卷，杂叙史事，参以议论，而见解明达，故亦可喜。如谓玄宗纳杨妃“与新台之恶何异”，实在比现代青年赞美“七月七日长生殿夜半无人”时的“爱情”更近人道。当然最深刻的还是《散宜生诗》，“少女玩过又赐死，居然多情圣天子”，今人见识毕竟能胜古人也。

长沙夏天不能读硬性文字，这部《宋人小说》正好填空补缺。我一直认为，这类“笔记小说”值得重视。理由是：(一)数量众多，四库目录中仅杂考(《玉照新志》等)、杂说(《珩璜新论》等)、杂品(《遵生八笺》等)、杂纂(《寄园寄所寄》等)、杂编(《津逮秘书》等)五类，即有六百五十部七千八百卷之多；(二)私家撰述，较少载道应制的气味，较多思想文化的价值；(三)写作水平不一，但多言之有物，篇幅比较简短，这一点更是我所喜欢的。比如《珩璜新论》中的这一则：

* 原题“读《珩璜新论》”。

宰相，人所欲也。汉武帝时屡诛宰相，公孙贺泣涕不肯拜，以前有死也；既拜，后果族灭。

死，人所恶也。唐武后杀害李宗，许王素节追赴都，道闻遭丧哭者，谓左右曰“病死何可得，而须哭哉”，以前有非命也。至龙门驿，被缢焉。

便是好例。“病死何可得，而须哭哉”，更堪称精彩的警句，如果用口语，大概便是“能病死多好，还用得着哭吗”，够惊心动魄的了。

全篇试译如下：

当上宰相，恐怕是想当官的人最高的追求。可是汉武帝连杀几位宰相以后，公孙贺想起前几位的结局，便哭着不肯接受任命。结果他还是被迫当上宰相，终于被满门抄斩了。

生病而死，恐怕是每个人都很害怕的事情。可是在武则天铲除李姓后嗣时，许王李素节被押往京城，路上听到人家哭丧，想到兄弟辈接连被杀，居然不胜感慨地说道：“能病死多好啊，还用得着哭吗？”结果走到龙门驿，他就被活活勒死了。

我读汉武作“秋风起兮白云飞”和武后问“宰相安得失此人”时，常不禁微笑，觉得古今人情毕竟相去不远。但看到

《珩璜新论》中这些杀人、被杀的表演，尤其是台词如此精彩绝伦，又像突感风寒，打起寒噤来。

古人云，“以史为鉴”。其实历史乃是一面孽镜，照出来的是人们的前世和来世。无数相斫书中反映出来的人性的横强和软弱，无奈和悲哀，都能超越时空映现在眼前，真比贾天祥正照风月宝鉴还有趣。

因此，我很想吁请编名言录、警句集的朋友，于先圣昔贤、太上老君、我佛如来、列宗列祖外，还无妨注意一下各时各地快要过奈何桥、喝孟婆汤的人，收集一点他们最后留给同类的话。曾参不云乎，“鸟之将死，其鸣也哀；人之将死，其言也善”。若能将其中的名言警句汇为一辑，岂不大有益于世道人心？销路也一定不会太差的。

武则天改文字

（2001. 5）

过去说仓颉造字，这当然和鬼夜哭一样不可信。因为文字是悠久文明的产物，不是某个人心血来潮造得出来的，因此也不能由某个人或某些人一时头脑发热来胡乱改。唐人张鷟写的《朝野佥载》所记武则天改字的故事，就是一场贻笑万年的笑话。

武则天弄死和放逐了一个又一个李姓接班人，亲生的儿子也未放过，终于以武周代李唐，自己做了皇帝，先改年号，再改国号，还要改革文字。

武氏文字改革，第一批造了十二个新字。新字“曌”即是“照”，改是为了要它“日月当空，光明普照”，好给“圣神皇帝”做名字。接着又有人提议：“国(國)字中间一个或字，非常不吉利，好像暗示新国家或者会出事；不如改或为武，國字使人一看便知是武姓的国家。”

國字刚刚改成，又有人奏称：“武字放在囗中，就像武氏被关在牢里，太不吉利了。”于是又匆匆忙忙下令将國再改为圀，四面八方归于一统，这才算放了心。

如此“改革”，可称大刀阔斧了。但文字乃是悠久文明的产物和载体，正如鲁迅在《汉文学史纲要》中所云：

> 要之文字成就，所当绵历岁时，且由众手，全群共喻，乃得流行。谁为作者，殊难确指。归功一圣，亦凭臆之说也。

那它就绝不是一个或几个“圣人”（不管是仓颉还是武则天）想造就造，想改就改得了的。因为几千年历史形成的文字，每个字都有它的形、音、义。按《说文》：

> 國，邦也。从囗从或。

> 或，邦也。从囗从戈，以守一。一，地也。

孙海波《卜辞文字小记》：

> 盖囗象都邑之形，从戈以守，国之义也。

话都说得十分明白。人民拿着武器保卫自己的土地，就是国家，岂不一望而知。改國改圀，纯粹是没事找事。圣神皇帝们得了自大狂妄想症，害自己和自己的配偶儿孙，小民不会着急，只苦了天下读书写字的人。

國字随着武氏朝廷的覆灭，就被丢到历史的垃圾堆里去了。圀字则因为在一首敦煌曲子词中留下来了，至今还保存在《汉语大字典》里，作为武氏文字改革失败的标志。

后来天王洪秀全有称王封王的瘾，才几千乌合之众时就大封其王，最后竟封了几千个王。他占了南京以后，便将國字囗中的“或”改为“王”，自称“太平天国”。及至解放后人民当了家作了主，不便称王了，才在王旁加一点成了国。

玉字比或字少三画，算是简化。其实打字无须一笔一画地打，印字也无须一笔一画地印，只简化了手写的工夫。原来何不学英文日文那样，规范出一套简化的手写字体就行了，难道写得出 and 还认不得 AND 吗?

树倒猢狲散

（2001.5）

人们常用常见的成语，大都有它的出处和故事。“一毛不拔”“杯水车薪”等，出于“四书五经”，且不必提。《红楼梦》第十三回秦可卿死后托梦给王熙凤时讲的那句“树倒猢狲散”，却是南宋人厉德斯一篇赋的题目，故事则记载在庞元英《谈薮》里，今译出来是：

曹咏投靠秦桧，成了秦的亲信，当上了副部长，从此有权有势，来巴结的人很多。曹咏老婆的哥哥厉德斯，却非但不肯来趋炎附势，反而因此和曹家疏远了。曹咏觉得没有面子，便想方设法要让厉德斯来捧场，软的硬的手段都用尽了，厉德斯就是不肯来。

后来秦桧一死，秦党立刻失势，土崩瓦解，到曹副部长府上来的人也绝迹了。这时厉德斯才叫人给妹夫送来一个大大的信封，拆开一看，原来是一篇《树倒猢狲散赋》。

“树倒猢狲散”这句话，从此才流行开来，成为了成语。

猢狲就是猴子。它们在树上吃，在树上玩，对树的攀缘依附，是它们的本性，无怪其然。但这些都是以树的根深叶茂，果实繁多，能够给猢狲提供庇护和供应为前提的。如果树老了，树病了，树倒了，“猢狲散”则是必然的结果，它们又要另谋高就，爬另一棵大树去了。

猢狲虽属灵长类，毕竟只是一些畜生，其爬来也好，散去也好，均系畜生行为，无所谓善恶，更不能以人类道德标准求之。人情冷暖，世态炎凉，人们的同情多倾向于被冷被凉的一方面，对势利小人则予以鄙视。对猢狲则不能要求过高，于是，在这个故事中，最后被讥笑的只剩下一个曹咏。

不大好理解的是，当上了副部长的老妹郎，何以想方设法一定要大舅爷来捧场抬轿子。难道树一大便有想要猢狲来爬的瘾？它们不来爬，自己便会觉得不满足，不过瘾吗？

厉德斯这个大舅爷也真少见。换了别人，妹夫当上了高官，恐怕早就一天到晚贴在曹门，喜孜孜以此为荣了。真幸亏有此例外，不然的话，又怎么能留下这精彩的故事和成语呢？

徐茂公

（2001.6）

瓦岗寨和《打登州》里徐茂公算命先生的形象，与历史上的本来面目天隔地远。刘悚《隋唐嘉话》有“英公尝言”一则，是他的自述，如果翻译成白话，就是：

我十二三岁时，便成了流氓，当了土匪，不管三七二十一，见了人就杀。

十四五岁时，已经是出了名的恶强盗，无论是谁，只要瞧着不顺眼，没有不被我杀掉的。

十七八岁开始造反，从此学做好强盗，上阵打仗才动手杀人。

二十岁当了大将，要夺天下，带兵作战，就是为着拯救人民群众了。

“英公”即英国公，为李勣的封号。其实他本姓徐，名懋功，《隋唐演义》里写成徐茂公，程咬金喊他做“牛鼻子”，仿佛是智多星那样动口不动手的“军师”一流。其实不然，他乃是从小杀人不眨眼，从千军万马中格杀出来的。后来当过“行军大总管”即总指挥，李唐建国后做到“开府仪同三司同中书门下”，等于副首相，赐姓李，封国公，终于出将入相了。这样大的干部，却并不讳言自己流氓土匪的出身，是其坦白可爱处，亦英雄本色也。

造反都以社会底层为骨干，流氓土匪本居下流，自然属于“基本群众”；普通老百姓被裹胁或自动参加进来，至少也要带点匪气，才能舍命不怕死。总要到形势发展，看得见造反的前途了，才会学做“好强盗”，最后喊出“吊民伐罪”之类正大光明的口号来。历史本是一部相斫书，真相就是如此，不过史官们没有也不敢像“徐茂公”这样老老实实说出来就是了。

黄庭坚之死

（2001.6）

和苏东坡并称“苏黄”的黄山谷(庭坚)之死，陆游《老学庵笔记》中有详尽的记述，说的是：

黄庭坚受了“除名羁管”的处分，被送到了宜州。

宜州没有旅馆，也没民房可租，只能住庙，而庙里却正在庆祝皇上生辰，只好住进一处破城楼。这时正是“秋老虎”大热天，城楼上成了蒸笼，闷热得简直没法待。

有天忽然下了雨，范寥(字信中)趁天气稍凉去看黄庭坚。只见他坐在矮凉床上，把双脚从栏杆中伸出去让雨淋着，脸色红红的像喝了几口酒，见到范寥，很高兴地喊道：“信中呀，我这一生一世，没有比这时候更快活的啦!”

几天之后，这一代诗人便死在宜州了。

有人说，中国文人全靠有阿Q精神才能活着，观夫“桃李春风一杯酒，江湖夜雨十年灯”和“黄菊枝头生晓寒，人生莫放酒杯干”的作者，以能从蒸笼里将脚伸到外面淋雨而感到“快活”，岂非明证？

其实不然。黄庭坚宜州城楼上的表现，并不是在施行“精神胜利法”，而是对处分和迫害的一种蔑视和抵制。统治者想叫我受罪、屈服、悔改，我偏不，我偏要坦然自若地坚持下去，就是不低头。正因为中国有的(绝非全部)文人有骨头，有志气，敢于蔑视和抵抗权威的苛虐，他们才能苦中取乐，才不怕“除名羁管”，不怕住破烂城楼，像黄庭坚这样，在最后留下自己的著作传世。请问读者，世上能有这样的阿 Q 吗？

没有对手了

（2001.6）

《庄子·徐无鬼》篇所讲郢人（楚国郢地人）和匠石（姓石的匠人）的故事，非常有名，现试着今译如下：

庄子送葬经过惠子的墓地，回头对跟随的人讲了这样一个故事。

有个郢都人，在自己鼻尖上涂一点白粉，薄薄的，跟苍蝇翼翅那样，让匠石来把它弄去。匠石抡起柄大斧，呼呼生风，使劲地一斫，将鼻尖上那点白粉全部削掉了。郢人却一点没受伤，站着纹丝未动，面不改色。

后来国君听说这件事，要人找来匠石，对他说："给我再干一次。"

匠石道："我确实是干过，不过现在那郢人已经死掉了，没有了对手，我就不能干了。"

于是庄子深有感慨地说道："我也一样，自从惠子死后，我也没有对手了，没人可以交谈了。"

庄子的确会写文章。看那大斧抡得呼呼地响，一斧斫掉了鼻尖上薄得像苍蝇翼翅般的一小点白粉，鼻子却丝毫没伤，要练成这样的本领，真是难得。

但我看，更难得的却是那位郢人，在鼻尖上涂点儿白粉固然容易，大斧迎面斫来时站着一动不动面不改色，便是常人无法做到的了。

庄子的文章，写出了没有对手的悲哀。纵有通天本领，如若不是充分了解和绝对信任自己的对手，这本领也是施展不出来的。太史公在《报任安书》中写道："钟子期死，伯牙终身不复鼓琴。"这钟子期便是郢人，伯牙便是匠石。太史公以此自喻，他也是深切感觉到了没有对手的悲哀啊！

拿出来看看

（2001.6）

川剧《赠绨袍》的主角范雎，由魏入秦为相，是助秦国成为强霸大国的有名的“客卿”，以能说会道著称。《战国策》中有一个范雎说给秦王听的故事，是从赵国平原君名不副实讲起的。说的是：

郑国人将没加工的玉石叫作“璞”，周地人将没熏制的老鼠肉叫作“朴”。

有个周地人，在一家郑国商人门前吆喝道：

“卖朴啊！”

郑国商人以为是卖璞的，答应要买，请他先拿出来看看；一看，原来是老鼠肉，忙说声对不起，不买了。

（范雎讲了上面这个故事以后，接着说道：）

“如今平原君名满天下，其实他所服务的君王不仅没能解决好传位继承的问题，而且最后竟被饿死在沙丘，可见其人之德才不过如此，各国君王却还在争着说他好。为什么各国君王竟不如那位郑国的商人，只听虚名，不肯要叫卖者把实际货色拿出来看看呢?”

璞朴同音，而实际上，却一个是玉石，一个是老鼠肉。可见天下事物，光听不看，则名实未必相符，便更不要说有意制造伪劣，鱼目混珠的了。

平原君为战国四位著名公子之一，从“窃符救赵”的故事看，他能力不大，德行还是比较好的，如重亲情，重然诺，能礼贤下士等各方面。如今的名人，“名”大过平原君的不少，“实”不如平原君的则可能还比较多。他们袋子里的东西究竟是玉石还是老鼠肉，的确要先拿出来看看才行。

明白人难做

(2001.7)

中医中药世界有名，历史上著称的头一位名医便是扁鹊(秦越人)。春秋战国时，他的名声极大，以至许多著名的医生和医案、病例都托附在他的名下，后来甚至将他神化为人首雀身的神灵，像古埃及那样将图形刻在石头上了(有汉石刻画像传世)。

《战国策·秦策二》有一节说：

> 扁鹊去看秦武王，王谈到自己的病，扁鹊说给他治。
>
> 秦武王身边的人却七嘴八舌，说什么“大王的病跟耳朵有关，跟眼睛也有关，不容易治，只怕治得不好反而会影响听力和视力”。
>
> 说得秦武王没了主意，只好将大家的话告诉扁鹊。
>
> 扁鹊一听，十分生气，将拿在手里准备施治的砭石(砭石是一种尖石器，古代没有金针，以此做针刺穴位治病)往地下一丢，对武王说：“您要明白人帮你办事，却又要这些不明白的人来说三道四；国家大事如果也这样办，

秦国就会亡在您的手里。”

在这里，扁鹊说的是治病，但又不只是治病，而是治国平天下的大道理。

明白人就怕碰不明白的人。在看病这件事情上，扁鹊当然是明白人，但他亦无法使秦武王不去听那些不三不四的话，只好气得砸家伙。

扁鹊到底给秦武王施治没有，未见记载。没施治当然亦无碍扁鹊之为良医，吃亏的只是秦武王的身体，那些七嘴八舌的人倒并不会受到丝毫影响。

可见明白人难做，倒是不明白的人想拆台搞烂场合却毫不费力，二千三百多年前即如此矣。

题名竹轩 （2001.7）

为楼堂馆所题写名字，不是一件容易的事。王渔洋《古夫于亭杂录》卷五有一则“题榜不易”(“题榜”就是取了名字再将其用榜书大字题写在建筑物的匾额上)，举“竹轩”为例，说：

> 有人在竹林旁边造了座厅房，可能也是用竹材建造的，请苏东坡给题块匾额。苏东坡想了许久才题好，题的两个字就是——竹轩。为人题写匾额，真的很不容易啊！

> 从前在四川参观武侯祠，见某抚台所题“丞相祠堂”。杜子美的这四个字用在这里(杜甫《蜀相》：“丞相祠堂何处寻，锦官城外柏森森。”)，真是再恰当不过，既得体，又大方，可谓天造地设。

> 这次我们济南重修历下亭，有人题的“海右此亭古”，也是现成的诗句(杜甫《陪李北海宴历下亭》：“海右此亭古，济南名士多。”)，却也非常恰当，无法改动移易，使我十分佩服。

这个故事，周作人《本色》一文中也提到过，却是据郝兰皋《晒书堂笔录》引《艮斋续说》，主人公也不是苏东坡。周氏讲完这个故事以后说：

> 写文章没有别的诀窍，只有一字曰简单。……想了半年这才丢开绿筠潇碧等语，找到一个平凡老实的竹轩，此正是文人的极大的经验，亦即后人的极好的教训也。

这话说得颇耐咀嚼。

如今各地大造人文景观，学贾宝玉试才情的想必不少，愿能参考及之；但又须防走小学班级办黑板报的路，每块黑板报上都用花体字写上“黑板报”三个大字。盖朴素简单须从繁华绮丽中来，洗尽铅华呈出的本色才能好看；但本色也得是本身的特色也就是个性，万不可照抄照搬，千篇一律。

苏州为顾姓义士造墓，碑阴题云：

义无反顾

自贡为恐龙博物馆书额，题曰：

祖龙居

都是可与“丞相祠堂”比美的例子。可惜似此者并不多见，“绿筠”“潇碧”之类却所在多有。

欧阳修教子

（2001. 8）

“玉石不经过切削打磨，不能雕成精美的玉器；人不学习不接受教育，不会懂得知识明白道理。但人和玉石毕竟有所不同，玉石即使不加工，本质上仍然是玉石；人却是有生命的，不断地在生长变化，不断地受到外部环境的影响。人如果不学习不接受教育，便无法使自己天天向上，成为高尚、有用的人，甚至会变坏、堕落。这一点，总要时刻记在心里才好。”

以上是欧阳修写给他第二个儿子欧阳奕的一篇短文的今译。题云《诲学说》，原文开头两句：

玉不琢，不成器；人不学，不知道。

后来被抄入《三字经》，只是为了趁韵，将最后一个“道”字改为“义”字，成了：

玉不琢，不成器；人不学，不知义。

而《三字经》，紧接着的“苟不教，性乃迁”两句，也是原文“人之性因物则迁”的韵文化。

这里说到的“性”即天性，在人即是人性。

动物行为学者认为，学习(换个角度说便是教育)是动物的天性。但我们看动物园马戏团培养教育出来的老虎，虽斑毛白额依然，却见了公鸡也害怕，只会在鞭子下面驯服地站起来打恭作揖，然后伸长颈根等冰冻牛肉吃。此则已灭尽了呼啸山林的虎性，成为枉披着一张老虎皮的畜牲矣。

人工采精授精繁育出来的乳虎，本是要在山林丛莽捕猎的自然生态中进行学习的，万物之灵却硬要把它装入铁笼来施教，故尔如此，呜呼哀哉！

但愿人之子不会被如此培养教育才好。

分高下

（2001.8）

《裴子语林》和《世说新语》，都收录了“祖约好财，阮孚好屐”的故事，内容完全一样，只字句微有不同。照想刘义庆未必会全抄裴启，这种重复恐怕是后世“补遗辑逸”者造成的。我给外孙女儿讲读时用的是下面这样的现代语，原文中的警句“未知一生当着几两屐”，由我来转述，肯定是点金成铁了：

东晋名人祖约和阮孚，一个喜集藏钱币，一个爱收拾木屐，都到了不顾一切的程度，耗费了很多精力。当时人们都知道他俩的爱好，却很难说谁高明谁不高明。

某次有人去看祖约，他正在收拾金钱，听说客来，慌忙藏检。来不及检进去的两只小竹箱，只好推在身后，在客人面前左遮右挡，显得很不自然。

又有人去看阮孚，他正在给木屐烫蜡，却仍然从从容容地吹着火，一面大发感慨：“人生一世，真不知能穿得几双木屐啊！”

从此在人们的心目中，阮孚和祖约便分出了高下。

一个爱集钱币，一个爱玩木屐，雅俗之分，还并不十分明白。六朝人物所看的，却全在处事待人的态度，看他做作还是不做作，矫情还是不矫情。

西门庆和潘金莲在床上，见春梅来，为之一惊，其实三人早就是长枕大被一床睡惯了的。张竹坡批云：

写惯偷情人心虚如画。

祖约在收拾自家的钱，见客来了慌忙遮掩，也同样大可不必，只因在人前装惯了清高的样子，生怕被揭穿，故而心虚。

阮孚的态度则大方得多，尤其是“未知一生当着几两屐”这句话说得最有意思。生年不满百，本穿不了几双木屐。后人诗如“山川几两屐”“岁华正似阮孚屐”，对此都深有感触；盖人事多艰，能够欣赏一点自觉美好的事物，暂时忘却尘世的烦忧，便是生活艺术的高境界，亦易得到理解和同情。

谁俗谁雅，于是大家心里都明白了。

木屐东洋至今还在穿，西洋荷兰的木鞋亦仿佛近之。湘中地区过去有谚语：

湘潭木屐益阳伞，
桃花江的妹子过得拣(读如赶)。

今则此物作为国粹似已完全消失，我们想发感慨，也只能说“一世能穿几双鞋”了。

青灯

（2001. 8）

周作人曾以“青灯小抄”名目在报上开专栏，不知怎的刊出两篇便不见下文了，这四个字亦未被他用作书名。但随后在《灯下读书论》中，他又谈到了青灯，说：

> 苏东坡曾云：“纸窗竹屋，灯火青荧，时于此间，得少佳趣。”这样情景实在是很有意思的，大抵这灯当是读书灯，用清油注瓦盏中令满，灯芯作炷，点之光甚清寒，有青荧之意，宜于读书，消遣世虑。

苏东坡所云，见其《与毛维瞻》书信中，兹不揣冒昧，试着今译如下：

> 岁暮天寒，加以风雨，瑟缩在家里，即使没有不顺心的事，也会无端感到凄凉。只有到夜深人静时，在竹屋的纸窗下点起一盏油灯，让那青荧的灯光照着摊开的书卷，随意读一点自己喜欢的文字，心境才会开朗起来，

慢慢地便觉得这种生活也自有一种闲适的趣味。可惜无法与朋友共享，只能由我一人独占。你知道了，想必也会为此破颜一笑吧。

古来写读书生活，像宋濂那样自述苦读，像顾炎武那样展示博学，都很可佩服，却不易感到亲切。纯文学的描写，如“绿满窗前草不除”之类，亦嫌刻画，比起东坡的“纸窗竹屋，灯火青荧，时于此间，得少佳趣”来，都差得很远。

东坡说“灯火青荧”，后来陆放翁又有诗“青灯有味似儿时”，周作人则云“依然有味是青灯”。这些对只用过电灯的人来说，多半都很生疏，我却还有印象。抗战八年中一直在平江乡下，电灯从来就没见过，煤油灯盏大户人家有，却买不到煤油，所以夜间看书全凭油灯，用草质的灯芯点着。如果用的是清油(茶子油或菜子油)，光焰上部外层便会现出青蓝色，正如烧木炭烧到“炉火纯青”时。三根灯芯的亮度约略可抵十支烛光，读木刻大字线装书正好。那时的我还不够格读《东坡七集》，只在《唐宋文醇》中读过几篇他的“古文”，印象并不深。有光纸石印本旧小说倒看了不少，比六号还小的字真把一双眼睛害惨了。如今青灯早已绝迹，虽然照明充足，医生却禁我夜读，因为青光眼已很严重。前些时请人为刻图章，截取放翁四字云“青灯有味”，这味真只能是想象中的了。

妈妈的见识

（2001.9）

人们说到婆婆妈妈，通常都不会恭维她们如何高明，如何有见识。《世说新语·贤媛》如下一则，可以说是例外。

> 赵妈妈嫁女，女儿即将出门时，她特别叮嘱女儿："到了婆家，切记不要争着做好事啊。"
>
> 女儿觉得奇怪，便反问道："不做好事，难道要做不好的事吗？"
>
> "好事还不必争着做，何况是不好的事呢。"赵妈妈说。

这位赵妈妈为三国时吴人，学问很好，曾注解《列女传》，作赋数十万言。她娘家姓赵，丈夫虞韪，为桐乡县令。嫁女时她说的这番话十分有名，历来多有诠释，我觉得余嘉锡先生说得最好：

> 盖古之教女者之意，特不愿其遇事表暴，斤斤于为善

之名，以招人之妒嫉，而非禁之使不为善也。

但我还想略为补充：

赵妈妈当然知道自己的女儿不会做坏事，怕就怕她一过门就想当好媳妇，不顾客观的条件，不看本身的实力，急于去做好事。殊不知天下许多坏事，往往都是因为急于做好事出成绩造成的，古往今来，例子真是不胜枚举。小至一个家庭，如陶朱公的大儿子急于尽“家督”之责，结果害死了小弟弟；大至一个国家，如“大跃进”急于大炼钢铁超英赶美，结果搞出了“三年自然灾害”。

这样干的人，出发点亦未必不是想做好事，而后果则远远不止是“招人妒嫉”了。赵妈妈的女儿，看她反问妈妈的话，可知其见识远不及母亲。知女莫若母，给她打一下预防针，真还不是多馀。

丹凤门赋

（2001.9）

在专制帝王统治下做文人，不能不顺从统治者的意旨作文章，但先意承旨如果过了头，到了献媚拍马屁的程度，弄不好也会挨蹶子被踢。

龚鼎臣《东原录》便记载了这样一件事：

赵匡胤黄袍加身，成了宋太祖。新朝办新事，在开封（当时叫汴京）重新装修了丹凤门。

城门工程刚一完工，翰林学士梁周翰便献上了一篇《丹凤门赋》。

“干嘛呢？写上这一大篇。”宋太祖问。

“梁周翰是做文字工作的，歌颂朝廷的新建设新气象，是他的职责啊。”旁边的大臣们回答。

“不就是修一个门楼吗，也值得这样来恭维，来吹捧？这些耍笔杆子的也太爱拍马屁了。”

宋太祖满脸瞧不起的神气，把那篇用心撰作用心誊正的《丹凤门赋》往地下一丢。

龚鼎臣为北宋景祐朝进士，去太祖时不过七十馀年，《东原录》所记此事，应非虚构。

读古书常见骂御用文人，所谓御用，即是专供皇上使用的。大臣们奏答的原文云：

> 周翰儒臣，在文字职，国家有所兴建，即为歌颂。

一句话，御用文人者，专业的“歌德派”也。

梁周翰及时献赋，本是尽他“歌德”的本分，无可厚非。若在乾隆一类讲求“文治”的天子脚下，献得不及时只怕还会挨斥责，至少也会影响升职拿津贴。谁知碰上个“检点作天子”的赵匡胤，还不习惯这一套，给他碰了个大钉子。“荃不察余之中情兮”，屈大夫的警句够他默诵的了。

被铺天盖地的“歌德派”文章把眼睛看胀了的老百姓，却也许会为陛下的这一次的英明叫好，偷着乐一回。

凤凰不如我

（2001.9）

古文中本来少有“纯文学”，“文”都在辞赋歌诗集里了。倒是那些不算正宗古文的医家农家以及考工类古籍，不仅有它科学技术资料的价值，有的还有自然史和人文史的趣味，文字也能引人入胜，像《本草纲目》卷四十八(禽部)这一条：

《礼记注疏》说的“夜鸣求旦之鸟”曷旦，是一种生活有季节性的动物，五台山中很多。其体如小鸡，却有四足和肉翅。夏天它有一身五彩斑斓的毛，叫起来好像在自鸣得意：

凤凰不如我！
凤凰不如我！

冬天毛落，像光身鸡雏，叫声听起来便成了：

得过且过！

得过且过！

它的粪便可以入药，叫五灵脂，常堆积在一处，气味很难闻，有的像豆粒，有的则如糊如糖。采集出售的人往往掺入沙石，应选用里面溏心，外面润泽的。

原先真还不知道李时珍写得出这么妙的文章。

这里最能引人入胜的，便是“凤凰不如我，凤凰不如我”和“得过且过，得过且过”这两句“禽言”。它能使我们想起小人得志时的恣意忘形，不可一世，以及他跌了跤子以后的无可奈何，自宽自解。听起来真要比“不如归去”和“行不得也哥哥”更有味。

当胡风、艾青等老诗人都成了反革命和右派时，某某某却因为得称同志，当上了“左派诗人”，一首“五七干校颂”更使他得意洋洋，俨然“凤凰不如我”了。及至“四人帮”垮了台，其“德行”既不足服人，其“文学”更不堪闻问，全仗原有级别和特殊津贴维持门面，只能“得过且过”矣。

南岳雪景

（2001.9）

我生而体弱，性又疏懒，最怕热闹。独自出游既乏济胜之具，集体旅行更加不感兴趣。生为湖南人，至今连张家界都未去过；虽然在出版局上班时常有这样的机会甚至是“任务”，都被我放弃和拒绝了。只有南岳衡山倒去住过几天，原因则是听父母说过，我婴孩学步是在南岳上封寺大殿的方砖铺地上开始的（他们在山上避暑），好奇地想去那里再看一回而已。

刘献廷于清康熙时到过湖南，其《广阳杂记》有些章节记叙此地，写南岳的便特别引起了我的注意。卷二有一节写的是冬天的景物，我两次去时都在夏天，故更愿看看，现将其按照我的读法写在下面：

到衡山时，住宿在山麓一处叫云开堂的僧房。夜来风雨大作，梦中猛醒，满耳是大雨倾泻在屋瓦上的声音，风好像把房子都吹得摇动了。

早起后听方丈说，昨晚山上下了大雪，赶忙出门去看。只见香炉峰以上一片白，山头、林木全被晶莹的雪包裹起来了。山腰以下，却仍是浓绿的世界。眼中的全景，犹如翡翠与白玉镶嵌，奇丽极了。此时风雨尚未全停，想必祝融峰顶的上封寺内，人们正在看雪花狂舞。

平生观雪景，这一次是最难忘记的了。

这是我的复述，原文当然更短更精彩，但即此也可一看。

刘献廷是位学者，不是文人，也不是旅行家。正因为他无意为文，更无意描写风景名胜，而只是把自己眼目所见产生的印象和心中觉得有意思的事物记录下来，才留下了这些有社会史、自然史价值的著作。言之有物，又写出了自己的实感真情，于是十分耐读。

我不能文，而喜读学人之文，如曾昭抡之写大凉山，法布尔之写昆虫，却并不喜欢读如今的散文家所“做”出来的文章，亦因前者更近自然，更少刻画装点也。

李世民的高明

（2001.9）

李世民抢班夺权，杀兄屠弟，其人性不敢恭维，个人能力之强则是事实。

其诗文亦足自立，《全唐文》中太宗皇帝所占七卷，看得出一位有本事有见识的君主的个性，不是文学侍从之臣写得出来的。

卷之十有《民可畏论》一篇，原文只有五十五个字，却讲清了君主和人民到底应该谁怕谁这个大问题，兹将其译述如下：

从古至今，君主的统治，有盛必有衰，有兴必有亡，就像白天之后必是黑夜，从来不会有不落的太阳。做君主的人，如果闭目塞听，不注意民间的疾苦，不倾听民众的呼声，很快就会灭亡。

《书经》中有两句："可爱的难道不是君主吗？可怕的难道不是人民吗？"在人民心目中，君主本当为他们谋福利，所以应该是可爱的；如若不然，人民便会抛弃他，推翻他。到这时，在君主心目中，人民就是十分可怕的了。

歌颂君主时，总高唱“不落的太阳”；李世民身为君主，却敢于承认帝王兴亡“犹朝之有暮”，从来不会有不落的太阳，真真难得。

马基雅维利(Machiavelli)《君主论》说，君主“与其为人所爱，总不如为人所惧更安全”，意思是说，为了维持统治，必须使人民害怕君主。李世民身为君主，却反而言之，敢于说君主应当害怕人民，得好好为人民谋福利。这便是李世民高明之处，也是他抢班夺权后能坐稳江山成为明主的道理。

就是嘛，玄武门之变本不过李氏家事，谁来做皇帝对小民都一样，魏徵原来也是李建成府里的人嘛。

习字之乐

（2001.10）

苏子美说过，窗户和桌子收拾得干干净净，笔墨和纸砚准备得熨熨帖帖，写起字来便会感到快乐，觉得这是生活中一件很愉快的事。

他说得很对。但是能够领略这种乐趣的人，恐怕不会太多，也不可能太多。如果条件并不太好，或者虽然有条件却受到干扰，仍能从习字中得到乐趣，那就更加不容易了。

习字的乐趣，我知道得很迟，如今才领悟到一点点。只恨写出来的字总不能满意，难以达到古人的妙处，若只求自己快乐，倒是不成问题的。

以上是《欧阳文忠公集》“试笔”卷中一则的意译，卷尾有苏轼跋云：

此数十纸，皆文忠公冲口而得，信手而成，初不加意者也。

“信手而成，初不加意”这八个字，实在是作书（写字）的要诀，也是作文的要诀。苏轼是深知并理解欧阳修的人，才能对欧公自得其乐不为外物移其所好的态度，作出如此简单生动的形容和概括。

苏子美即苏舜钦，是《沧浪亭记》的作者，亦是欧阳修的好友。欧公此文并无贬人炫己的意思，只是将自己习字的乐趣真实地写了下来，将自己从朋友的话中产生的想法真实地写了下来，既不矫情，也不做作，能得到苏轼的赞美，并非偶然。

变脸

（2001. 10）

川剧有一项绝活——变脸，据说不轻易传授给人，大概也不太容易学会。

在人生舞台上，也有变脸。像我这样活过了好几十年、经历过浮沉升降的人，对此可以说是司空见惯了。

王士禛《古夫于亭杂录》卷一有《御史反复》一则，写的便是一个变脸变得特别快的人。这是三百多年前康熙皇帝时候的事，可见古今皆如此也。

> 左都御史董讷被排挤，下放两江。都察院有位御史，听说长官要调，特来问候，刚落座就放声大哭，一副依依难舍的样子。董不禁为之感动，在座的旁人，则不免觉得有些惊奇。
>
> 这位御史离开董府，立刻又赶往新相国余国柱的府上去，进门一揖后便哈哈大笑。余问他为什么乐得这样，他说："董某已经调走，您的眼中钉拔去了呀！"
>
> 此事很快在京城传开，官场上都觉得此人太反复无

常，不敢和他接近了。

对着长官哭，是为了讨好长官；对着长官笑，也是为了讨好长官。某御史如此，别人亦如此；不过他切换迅速得异乎寻常，又碰巧在场的人多了几个，传播开来，遂罹物议，若是只在两人世界中哭和笑就好了。

专制时代多行人治，任用提拔官员，凭的是长官的印象和人事关系。故下属习惯了讨好上司，逢迎谄媚，察言观色，成为了官场中必备的本领。而宦途多变，又不得不随时准备新门路，预找新后台。某御史又哭又笑，变脸的本领，胜过了名演员，比《西厢记》里书童对张生说的“相公病了，我不敢不病呀”的台词更为精彩，因此被渔洋山人写入笔记，出了名。这一点，倒是他自己原来也未必想得到的吧。

峨嵋雪水

（2001.10）

古人说诗“穷而后工”，其实文亦“穷而后工”。我们读李杜之诗，读韩柳欧苏之文，都会有此种感觉。

人一穷，自然有所不满。过去我说过一句话，曾经大受批评：“没有对现实的不满，便没有文学。”这句话，我至今仍然认为不错。

苏轼的文章，很多都是发泄不满的；但发泄不满，不一定是哭哭啼啼，更不一定会咬牙切齿。他谪居黄州时，作有《临皋闲题》一文，倒是十分潇洒的：

> 我来黄州，住在临皋亭，往下走几十步便是长江。长江中日夜奔腾的，至少有一半是我们四川峨嵋诸山流下来的雪水。吃的喝的洗脸洗澡用的全是它，等于天天在亲近故乡的山水，又何必再思乡呢。
>
> 江中之水，眼中之山，天上的风光，人间的景色，本不属于哪一个。谁有闲情逸致，谁便是它们的主人，难道不是这样吗？

想问一问范子丰兄，你住着新建的花园别墅，不知比我这里如何？不过京城不收春秋“两税”，也不会要交“助役钱”，这件事情我就没法和你相比了。

苏轼于元丰二年以“谤讪朝廷”下狱，次年初被贬谪黄州，旋即寓居于临皋亭，后来移住“东坡”作陂种稻。此时他是得罪之身，胸中自有郁结，望着“犹自带，岷峨雪浪，锦江春色”的江水，怎能不怀念出蜀前的往事，怎能不感慨宦海的波涛。他却以能“饮食沐浴”故乡的水，能享受“无常主”的江山风月而自宽自解，可谓旷达，也真潇洒。

文章最后捎带一笔，挖苦了他所反对的“两税”和“助役钱”。可见心里的牢骚也总会要发泄出来，贬谪和下放是吓阻不住的。

宁愿泥里爬

（2001.10）

庄子的文章，在古典散文中已臻极致。古来的注疏解读，早已汗牛充栋。现代来做注释、做今译的也很多。学术专著属于专家，我辈普通读者，并不作非分之想，不过拿起白文本，拣自己看得懂也愿意看的部分看看罢了。比如下面《秋水》中的这一篇，我的读法是：

庄子在濮水上钓鱼，楚王派出的两位大夫寻来，说是要请他去楚国做官。

庄子手拿钓竿，头也不回地回答道：

“你们楚国的殿堂上供着一只乌龟的甲骨，说是三千年前的，成了神，被丝巾包裹珍藏在盒子里。

“不知道这只乌龟是愿意留下甲骨包着供人叩拜呢？还是宁愿活着拖起尾巴在泥里爬呢？”

“当然愿意活着在泥里爬啊。”

“那么，两位请回楚国去吧，”庄子说，“让我拖着尾巴在泥里爬吧。”

庄子是二千三百年前的人。二千三百年前，在古希腊，也有一位安贫乐道的哲人第欧根尼(Diogenēs)，住在路边的一只空木桶里，靠路人施食维生。

赫赫有名的亚历山大大帝东征途中，路经此地，因为久闻其名，特意亲往看望。时值隆冬，第氏正爬出木桶来晒太阳。大帝屏退卫士，走拢去，恭恭敬敬地问道：

“想要我为您做点什么事情吗?”

“只想要你走开，不要挡了我身上的太阳光。”

在权威面前，第欧根尼和庄子一样，都选择了自由。

第氏的回答，与庄子颇为相似而更不客气。中国的儒家总批评庄子消极，古希腊却无人为此批评第氏，连征服世界、威名赫赫的亚历山大大帝也能予以宽容。盖儒家以学而优则仕为个人唯一出路，亦是对国家的一种责任。希腊智者则学而优不必仕，从事讲学、辩护等职业，均能保持自己的独立。最不济如第氏，靠施舍亦可维持物质的生活，享受精神的自由。

庄子选择了自由，钓于濮水却未必能养活自己，不做大官也不得不做漆园吏，是可哀已。

还有一点，走近庄子的若不是楚大夫而是秦皇帝，表示拒绝的人，恐怕就不能像第欧根尼那样在御驾离开后继续舒舒服服晒太阳了。

刘伯温说小人　　（2001.10）

不正派的人，像是一团熟猪油。望去又白又软，一点也不难看；一沾手，便腻腻糊糊的，洗都洗不脱了。

这种人没有得志时，总是低声下气，显得十分老实顺从。一旦得志，便立刻昂起头颅提高嗓门，生怕大家不知道他成了角色，正所谓“一阔脸就变”。

正人君子，无须见到这种人表演的全过程，在他们唯唯诺诺、打恭作揖的时候，早就会深恶而痛绝之，绝不会上他们的当，让自己沾上手。

这是刘基(伯温)《郁离子》中一篇的意译。

传说刘伯温作《烧饼歌》，能未卜先知，那是把他神化了。其实他辛辛苦苦帮朱元璋打天下，出谋划策费尽了心力。朱元璋得国后，封徐达、常遇春等为王，李善长、汤和等为公，傅友德、蓝玉等为侯，只封他为诚意伯。他虽因“谦退”得保全首领(李、傅、蓝等后俱被杀)，最后仍不得善终。如果真能预见，他又怎会蹚这趟浑水，早就躲在青田山中以教读著述终老了。他不过出身乱世，多历坎坷，跟上英明领袖后又几次大起大落，对世态人情有较深切的了解罢了。

此文论小人的特征是前恭后倨，极为正确。王莽“谦恭下士”，而卒为篡贼，《大卫·科波菲尔》小说中的尤里，一口一个“谦卑的我”，后来却反噬恩人，夺财夺女，都是十分典型的例子。

人们多痛恨王莽和尤里一类人的篡夺和负恩，却不知他们开头的“谦虚”和“恭敬”更加可鄙和可恨，因为那全是假的，全是为达目的而采取的手段。其目的固然恶劣，其用心尤可诛也。

当领导、掌权力的人，对于在你们面前毕恭毕敬、唯唯诺诺、胁肩谄笑之辈，千万要保持距离，别让他沾上啊！

写桃花源

（2001. 11）

王维《桃源行》的开头四句和结尾四句：

渔舟逐水爱山春，两岸桃花夹古津。坐看红树不知远，行尽青溪忽值人。

当时只记入山深，青溪几度到云林。春来遍是桃花水，不辨仙源何处寻。

韩愈《桃源图》中的警句：

渔舟之子来何所，物色相猜更问语。大蛇中断丧前王，群马南渡开新主。

王安石《桃源行》中的警句：

此来种桃经几春，采花食实枝为薪。儿孙生长与世隔，虽有父子无君臣。渔郎漾舟迷远近，花间相见因相问。

世上那知古有秦，山中岂料今为晋。

都传诵不衰。王渔洋《池北偶谈》有一则也说：

唐宋以来的诗人，以桃花源为题，写《桃源行》的不少，传诵最广的，要推王维、韩愈、王安石三家。

读韩愈的“大蛇中断丧前王，群马南渡开新主”，读王安石的“世上那知古有秦，山中岂料今为晋”，觉得笔力都很雄健，意思也好。但作者总像在发大力拉强弓，气势虽足，却难免有点面红气喘。

而读王维的诗，从“渔舟逐水爱山春”，到“不辨仙源何处寻”，则如行云流水，自由自在，美不胜收。盛唐手笔，真高明不可及。

王渔洋“诗宗盛唐”，这里说的正是他一贯的主张，读者尽可有不同的看法。但他强调创作应该自由自在，认为“自在”比“努力挽强”的态度更值得喜欢，这一点总是不错的。文艺批评，本不必如何全面周到，只要能讲出对作家作品的真实感受和意见便行，当然这感受得是批评者自己的，而且是独特的；若人云亦云，或宣讲上谕，则一文不值矣。

相府子弟

（2001.11）

如今的松江，乃是上海市下属的一个区；清代的上海，却是松江府下属的一个县。地域名随着行政区划的变动，位置时有升沉；人世间的变化升沉，则更为常见，也更加明显。

赵翼是清乾隆进士，其《檐曝杂记》有一则云：

> 松江有一户宰相人家，两三代后家道中落，孙少爷竟成了乞丐。有次在外面乞得的米稍多，自己拿不动，只好雇个苦力来背，嫌其走得慢，说：
>
> “我是相府子弟，下不得力也难怪；你是卖劳动力的，为什么也走不动呢？”
>
> 那苦力答道：“我家爷爷，从前也是位尚书大人啊。”

这便是人世升沉之一例。

清朝的宰相称大学士，等于内阁总理，尚书则是正部长，而第三代即沦为乞丐和苦力了。

赵翼死于嘉庆十九年，上溯三世正是康雍盛世，可见承平时富贵人家亦未必能长保富贵，变化无常实在是人间正道。

中国古代社会号称“超稳定”，看来不完全是因为没有出伏尔泰、孟德斯鸠，部分也由于它能够自我调节。尚书的孙子可能成为苦力，大学士的孙子可能成为乞丐；另一方面，则苦力的孙子也可能成为尚书，乞丐的孙子也可能成为大学士（花郎汉薛平贵还端端正正坐上了金銮殿哩，虽然只是在戏台上），此即是一种调节，未必硬得血雨腥风改朝换代。

赵翼号瓯北，即“江山代有才人出，各领风骚数百年”的作者，为著名学者和诗人。《檐曝杂记》还特别说明“此语闻之董苍水”，想必确系事实。

田子方

（2001.11）

田子方是孔子大弟子子贡的学生，为战国时有名的贤人。杨恽《报孙会宗书》中称其“凛然皆有节概，知去就之分”，评价很高。《战国策》中记有关于他的一则故事，说的是：

田子方有次在魏文侯宫中喝酒，当音乐奏起时，文侯听着，说道：

“这编钟的音没调准呢，左边的偏高，听起来不协调呀。”

田子方没答话，只微微一笑。

“您为什么笑呢?”文侯问。

“我听说，贤明的国君，心思都放在国事上；不贤明的国君，心思才放在吹打弹唱上。”田子方道，“现在您这样会听音乐，对于国家大事，我怕您就不会那么精明了。”

“说得好啊。”文侯道，“我非常感谢您的提醒。”

其实好声色乃人之常情，但君主并非常人，他拥有非常的权力，就该负起非常的责任，要对国家前途、人民福祉负责，不应该像李后主、宋徽宗那样全身心投入在艺术里。后主、徽宗放弃自己的责任，只知利用特权追求声色之乐，个人虽博得多才多艺的名声，南唐和北宋的老百姓就惨了。

如果并没有李煜、赵佶的才能，却偏要作艺术秀，要人来疯，见个舞台就想表演，那就连后主、徽宗都不如，顶多归入唐昭宗一流，比能听田子方意见的魏文侯差远了。

长亭树

（2001.11）

姜夔填词，每喜欢在前头写上一段小引，有的长达四五百字。好几首词的小引还特别写到了长沙，使我感到亲切。其《长亭怨慢·小引》，称得上是一篇短小精致的抒情文，兹用口语译读如下：

我写的词，多是自己谱曲。词句不必全依词牌词律，只将自己心中想写的句子写出，该长则长，该短则短，然后再配曲子。这样上下阕字数自然不会完全一样，谱出来的乐曲也就更加生动，富于变化了。

这一首词，原是起意于《枯树赋》中桓大司马那几句话，他老来见到自己少时栽的柳树，流着泪咏成了这样六句：

当年来栽小柳树，嫩叶柔条依依在堤旁。
今日重来看柳树，枯枝败叶摇落向秋江。
柳树啊你都老了，我又怎能经受这风霜。

这些话强烈表现出人生无常的感伤，深深地打动了我，使我久久不能平静，想要写，便写出了这首《长亭怨慢》。

“桓大司马”即桓温，所咏六句则是从庾信《枯树赋》中引用的，原文是：

昔年种柳，依依汉南。
今看摇落，凄怆江潭。
树犹如此，人何以堪。

仍将其抄录出来，供读者对照审核我译文的荒腔走板。

在宋词中，我最喜欢姜白石。王国维也说：“古今词人格调之高，无如白石。”姜的词一是格调高，如“数峰清苦，商略黄昏雨”（《点绛唇》），“二十四桥仍在，波心荡冷月无声”（《扬州慢》），真如张炎所评，“孤云野鹤，去留无迹”。二是情思深，如这首《长亭怨慢》上阕后二句：

阅人多矣，谁得似、长亭树。
树若有情时，不会得、青青如此。

完全是从《枯树赋》文句的精魂中脱胎而出，实在令人不能不一读再读，读后难忘。是啊，经历过崎岖坎坷的人生旅途，谁得似长亭树般永久地“青青如此”呢？

盼早死

（2001.11）

“夫人情莫不贪生恶死”，太史公受了宫刑还这样说。

世上虽有出钱买安乐死的人，那都是得不治之症受不了病痛折磨，才会出此下策。史蒂文生笔下那种活得不耐烦的王子，是不是实有其人，老实说我是十分怀疑的。

《国语》中却有如下一节：

春秋时晋楚两国战于鄢陵，晋军得胜凯旋后，统领下军的范文子将家庙的祭师找来，对他说：

“咱们的国君本来就有骄气，个性又强。战争取得胜利以后，那有修养的人还可能因胜而骄，从而失去胜利的果实，何况本来就骄傲的人呢？国君身边的亲信又多。如今得胜回朝，亲信小人无功受赏，必会更加肆无忌惮。国家发生动乱，我看一定是难免的了，我很怕会一同遭殃，只盼早死，早点解脱。你是我的祭师，请为我祷告，让我早点死去吧，能死在动乱发生前就好了。”

第二年（晋厉公七年）夏天，范文子真的死了。当年冬天，晋国果然发生动乱，开头是郤家三大夫被杀，最后国君厉公也被杀掉了。

据说老鼠会预先逃离沉船，人在这方面的智能却早就退化掉了。洞达如范文子者，可谓难得。

范氏累世为晋上卿，荣华富贵尽堪留恋，何以只求早点死？盖知大厦将倾，无法置身事外，不负责任者尚可一走了之，他却走也走不了。与其在动乱中被诛杀，被乱杀，甚至于被虐杀，倒不如早一点自行了断来得干净。但这仍须有判断力和决断力，亦即是智慧，范文子这种修为，并不是做大官的人个个都能有的。

梦为胡蝶

（2001.12）

太史公说庄子“著书十馀万言，大抵率寓言也”。其中最美的寓言，恐怕就是下面这篇“梦为胡蝶”了。

庄子说他曾经做过一个梦，梦中自己变成了一只蝴蝶，在翩翩地飞舞，十分自在，十分快乐。这时的他，完全没有意识到自己是庄周，更不知道世界上还有庄周这么一个人。

忽然醒来，原来还是庄周，手是手、脚是脚地躺在自家的床上。

庄子想道：真是我在梦中变成了蝴蝶吗？还是蝴蝶在梦中变成了我庄周呢？

我刚才感到很快乐，是因为我变成了一只蝴蝶，在空中自由地飞翔；这是两条腿站在地上的庄周从未体验过，也根本不可能体验到的。

蝴蝶和庄周是不同的“物”，才会有不同的感受。但“物”不可能永存，一觉也好，一生也好，总会要变化，要消亡。“物”如果变化了，感受、意识和思想还能够存在吗？

以上便是《庄子·齐物论》中“梦为胡蝶”这一节的我的读法。

庄子如能穿越时空，在此时复活，他肯定不会用手机和电脑，但其思维能力和写作能力，比起我来肯定还是强过不知多少倍。时间经过了二千三百年，人类进化的结果，难道只有数量的增加和技术的进步吗？

台湾有人说，白话文比文言文好，而自有白话文以来，他自己的文章又是最好的，当然比庄子的文章要好啰。庄生梦蝶，他在梦中变为蝴蝶；此人也会做梦，不知他在梦中变成了什么？想必是进化树上位置比蝴蝶高得多的某种哺乳动物吧。

蚂蚁治虫

（2001. 12）

古人笔记中，有时可以发现些自然史、科技史方面的资料，做这些方面研究的人的著作中却很少提及，这不能不说是一种缺憾。

近读庄绰《鸡肋编》，发现有一则讲到了生物防治。这是一本写成于南宋绍兴三年即一一三三年的书，去今近九百年，书中讲的防治方法，却好像不复存在了。我觉得这件事值得注意，故将其译介如下：

> 五岭以南，农田较少，不少人家靠种柑橘维生，很怕害虫影响橘树的收成。本地有一种蚂蚁能克虫，只要这种蚂蚁多，橘树上的害虫便可绝迹，经营橘园的人家称之为“养柑蚁”。橘农们都需要这种养柑蚁，愿意出钱买，于是便出现了收集和供应它的专业户。
>
> 养柑蚁专业户的做法是：先准备些猪或羊的膀胱和阴囊，在里面涂上油脂，撑开口子，放在蚂蚁洞的旁边。等到里面聚集了很多蚂蚁，便扎起口子，拿了去卖给需要蚂

蚁的橘农。

由此可见，生物防治这种现代农艺学上的新技术，原来古已有之，南宋时便在岭南橘农中普及了。

九百年前那里便有了“以虫治虫”的专业户，可见当地使用此项技术为时久矣，为什么后来又失传了呢？

历史资料的缺点是，往往夹杂着神异荒诞的东西，或因袭陈言，或轻信传说。像《鸡肋编》这样具体翔实的记载，十分稀罕，因此也就十分可贵。

上世纪六十年代，我替湖南农学院、中南林学院病虫害防治专业画过教学挂图，接触过教科书，都谈到了中国在这些方面的“悠久历史”和“传统经验”，却不见有提及蚂蚁治虫的。

“文理分科”后，文史专业的不再“多能鄙事”，理工医农专业的则读不懂文言文，胡先骕和辛树帜型的林农学者不复可见。《鸡肋编》之类的书，能不能进农大林大的图书馆，真的还不怎么好说了。

煎小鱼

（2001. 12）

笔记文通常只记事实，发感想，谈心得，很少抒情，也很少发议论，更少论及政治哲学和天下国家大事。但有时亦有例外，如南宋陈善（福建人，号秋塘）《扪虱新话》卷之四有如下一则，引《老子》第六十章“治大国若烹小鲜”，进行议论道：

有人对我说，《老子》第六十章所讲的“管理国家大事，应该像在锅里煎小鱼”，这话恐怕可以作两种解释：主张宽松缓和的，会解释为不要多翻炒，不要不停地变政策，不要提倡越乱越好；信奉斗争哲学的，也可以解释为得用猛火，加辣椒，这样才能消灭异味，搞成清一色。

我知道他这样说，一半是在开玩笑，也就用半开玩笑的态度回答他道：“难怪司马迁写《史记》，要将老庄、申韩合传，原来正如老兄所言，这法家靠暴力强化专政的理论，是可以从道家的经典里找根据的啊！”

陈善从《史记·老庄申韩列传》看到了统治者利用意识形态

的“两手”。儒家是传统文化的主流，但“君君、臣臣、父父、子子”的原则从来只行于臣子，对君父并无约束力。孔孟说仁义，不过给权力提供了一件“皇帝的新衣”。

老庄非圣贤，却是智者，能看穿这一套。“治大国若烹小鲜”，王弼注云：“不扰也。”而君父要作威福，又怎能“不扰”，这就用得着申韩“惨刻少恩”的“法”和“术”了。

两千多年来，凡是讲效率、有权威的朝代，无不实行东方马基雅维利（Machiavelli）即韩非和李斯们提倡的“法治”，但同时又要标榜孔孟的“德治”，甚至还得讲一讲“清静无为”，最终目的却都是为了巩固王权，“民权初步”是要到孙中山时候才开始讲的呐。

做模型

（2001. 12）

最有名的古人笔记，《梦溪笔谈》无论如何可算作一种。尤其是李约瑟写的中国科学技术史中大量引用以后，它的地位更扶摇直上。我选读笔记文，从思想上、文章上着眼，对它并没有多照顾；但像下面这条关于“木图”即制作地理模型的记事，我也是觉得很应该介绍的：

> 奉命巡视边境时，我（沈括）先走遍有关的地方，在木板上标记出山川形势道路里程。后来觉得这样表现不出地形起伏，便用浆糊调了细木屑，在板上堆塑山脉河谷，使直观性加强。天气寒冷浆糊冻结时无法堆塑，又改用熔融的蜡调和木屑来做，蜡质较轻，旅行携带也较方便。后来便以蜡制的模型为基础，用木材雕出山脉河流地形地势，呈送朝廷。皇上召集宰辅大臣看后，下令边防各州都要同样地做了送上去，这种“木图”从此出了名。

沈括创制的这种“木图”，可说是现知世界上最早的地理模型。沈括记的是他本人动手做的事，当然可信。欧洲瑞士人开始做地理模型，却是在这七百年以后了。

沈括的确有科学精神和科学思想，他的观察、实验和某些制作方法，也是合乎现代科学精神的。考虑到他生在培根、笛卡儿之前好几百年，就显得更为难能可贵。

沈括的思维能力不让泰西诸贤，更早的墨子对光影等物理现象的观察和分析，其思辨水平亦不逊于亚里士多德，何以系统的科学思想只能起源于欧洲，赛先生要到二十世纪初才被请到中国来呢？实在值得深思。

第二辑

老匹夫

（2002.1）

抗战期间(一九三七至一九四五)正好是我的小学和初中阶段，虽然没怎么进学堂，作文仍是要作的。奇怪的是题目和内容也都在跟风，最常用的套话，除了“七七卢沟桥一声炮响”，便是“天下兴亡，匹夫有责”了。

但匹夫是什么意思，何所指呢？

小孩子并不明白，印象中也从来没有谁给我讲过。

十岁后开始看《三国演义》，诸葛亮骂王朗“皓首匹夫，苍髯老贼”，几句话便将王朗骂死了。匹夫和老贼相提并论，当然是在骂人啰。

我又自幼顽劣，打架打不赢，却喜欢带头闹事，自吹不怕场合，老父亲总教训我，“不可逞匹夫之勇”。听得出来，这“匹夫之勇”也含贬义。

直到读了宝应刘氏父子的《论语正义》：

匹夫者,《尔雅·释诂》：“匹，合也。”《书·尧典·疏》：“士大夫已上，则有妾媵；庶人无妾媵，唯夫妻相匹。其名既定，虽单，亦通谓之匹夫匹妇。”

这段话如果用白话来讲，大致是说：

《尔雅》解释字义，“匹”字的意思是匹配、配合。

“匹夫”的意思，则可以看《尚书·尧典》的注疏：士大夫和比士大夫地位更高的人，都有三妻四妾；普通老百姓，跟他相匹配的只有一个老婆。一夫一妻的名分既定，分别称呼，便叫匹夫匹妇。

原来匹夫便是无权势无力量养小蜜包二奶的平头老百姓，也就是普通的人。

《论语·子罕》：

子曰：三军可夺帅也，匹夫不可夺志也。

孔子所说匹夫，也只是普通的庶人，但他有“不可夺”之志，便有了尊严。这匹夫就不含贬义，算得上是能对“天下兴亡”负责任的丈夫了。

如果相信“天赋人权”，则人人生而平等，都有独立的人格、自由的思想，都有发表意见坚持意见的权利。古人所云立志、持志、不可夺志，意思也差不多。但这些多半只是理想。因为在历史上专制统治的现实中，不要说平头百姓，就是“士大夫已上”，想发表（更不必说坚持实行了）不同于统治者的意志和意见，也是很难很难，甚至要付出自己的头颅作为代价的。

到了现代，情况当然是变了。梁漱溟要坚持自己的意见，中央人民政府委员当不了，还能当政协委员；小汽车没得坐了，还能坐三轮车。后来他又拒绝批林批孔，还真的说了“匹夫不可夺志”的话，可算是绝无仅有的老匹夫了。

烧女巫

（2002.1）

欧洲中世纪搞宗教裁判，捉来女巫烧死。这种事情咱们古时候也有过，《左传·僖公二十一年》：

> 夏大旱，公欲焚巫尪。

用杀人的办法来对抗天灾，这显然是不对的。

幸好鲁僖公听了臧文仲大夫的话，没有“焚巫尪”，改而采取了以工代赈、劝富济贫、补栽补种等办法，度过了饥荒。

欧洲捉来判火刑的女巫，能骑着扫帚飞行，养着黑猫行魔法，身份明确，可以识别，虽然要“抓现行”也难。僖公要焚巫尪是怎么样的呢？《左传》杜预注：

> 巫尪，女巫也，主祈祷请雨者。或以为尪非巫也，瘠病之人，其面上向，俗谓天哀其病，恐雨入其鼻，故为之旱，是以公欲焚之。

后来注释和今译《左传》者(包括我)，便大都依据杜说，而且大都依据杜说中之“或以为”，将巫尪一分为二，并将尪释为“脸只能朝天的残疾人”。

但放下书想想，既然天可怜见，那尪人一定不会只有一个两个。我于民国二十年出生，忝生今世八十馀年，却至今并未见过一位“脸只能朝天的残疾人”啊!

于是再从古书中找资料，才发现诸子群经中也还有别样的说法。《礼记》郑玄注：

> 尪者面乡(向)天，觊天哀而雨之。

《吕氏春秋》高诱注：

> 尪，突胸仰向疾也。

郑玄的说法，和杜预正好相反。尪人鼻孔朝天，杜预说“天哀其病，恐雨入其鼻”，郑玄则说“觊(企望)天哀而雨之”，我们该听谁的呢?

想来想去，恐怕还是高诱说的对。“突胸仰向”，不就是现代医学所说的“角弓反张”么，那只是一种症状，不是终身的残疾。

看来，巫尪即是女巫，用杜预注的开头五个字就得了。

做官和做贼 （2002. 1）

明朝的“开国大手笔”宋濂，在元朝时也是个悯世伤时的不满现实者。他当时著有《龙门子凝道记》，卷中《悯世枢》有如下一则：

县太爷来征求对县政的意见，龙门子对他说：“老百姓的苦难受够了，得把他们看成受伤的人，多加体恤。”

“我知道了，请问还要注意什么？”

“不要偷，不要抢。”

“这是怎么说呢？”

“将百姓的钱装进自己的腰包，不就是偷是抢吗？做官的如果还要做贼做强盗，老百姓更活不成了。”

“有这么严重吗？”

“还有更严重的哩。当了官，该做的事不做，不该做的事乱做，胡乱耗费国家的财产，甚至自己还要从中虚报冒领，也等于是偷盗，甚至比做贼做强盗更加可恨呀。”

将老百姓看成伤病员，即“视民如伤”，这是《左传》和《孟子》中的话，我以为比习用的“爱民如子”好，较少专制家长的气味。若以“民之父母”自居，对子女“爱之欲其生，恶之欲其死”，而且是“父要子亡，子不得不亡”，这样的父母也是不怎样，而且难得当好的。当这种父母的儿子，即使门楣高大，衣食不愁，但时刻担心像贾宝玉那样被打屁股，还不如躺在贫民医院的病床上好，想出院还可以出院，再钻到贫民窟里去草间偷活，至少还是自由之身吧。

是否跟着走

（2002.1）

春秋五霸之一的晋文公还是公子重耳时，曾被迫出国流亡十九年。后来时来运转，回国即位，成就了霸业。《左传》和《国语》中，关于他的故事很多，《国语》有一则说：

> 文公出亡时，守库房的小臣头须没有跟着走。回国即位后，头须来见，文公不愿见他，叫接待人员说主公正在洗头，没有时间。
>
> "洗头得低着头，低着头想事想不清，难怪主公不肯接见我了。"头须说，"跟着走的人，不过是身不由己的奴才；没有跟着走的人，留下也在为国家做事，何必定要将其视为仇敌呢？领导者若要记被领导者的仇，该害怕的人就太多了。"
>
> 文公听到了这番话，便立刻接见了头须。

这则关于晋文公的故事，使我想到了邓小平。有人问邓小平长征时干什么，答复只有三个字："跟着走。"可见在关键时候是否跟着走，无论对事业，对个人，都确实是一个关系前途命运的大问题。

晋文公以是否跟着自己走划线，应该说是领导者的常规，开头他不愿见头须，可以理解。难得的是听到了头须发牢骚，说领导者不该记被领导者的仇，他能当即猛省，改变初衷，予以接见。这就并不常见，而是他能成为霸主而非庸主的重要原因了。

原来跟着文公走的赵衰、狐偃诸人，都是人才，决非奴才，这一点头须是说错了，也许是急不择言。但他毕竟只是守库房一小臣，敢于面见主公，还敢说主公想事想不清，胆识已远迈今之领导身边工作人员，足够使我辈佩服得很。

骨肉亲情

（2002.2）

史传记国之大事，若能写出一点人情的流露，读来便会有更多的兴味，如《国语·晋语五》所写：

晋楚两军在靡笄山决战，晋军大获全胜，郤献子率三军凯旋。范文子（士燮）是上军的指挥官，入城时却走在最后。

“燮乎！女（汝）亦知吾望尔也乎！”文子的老爸武子见到文子时，这样对他说道。

文子的回答十分得体：

“三军的统帅是郤老总，胜利的光荣应该属于他。入城式上我若走在前，多少会分散对他的注意，所以走在后头。”

范武子听了，很是高兴，对儿子说：

“你能这样想，就不会犯错误了，我放心了。”

范氏世为晋国上卿，武子严以教子，文子谨遵父训，在当时是一对完全遵循礼教的模范父子，但父子亲情仍然是很浓厚很温暖的。武子见到文子时的那句话，用口语来说便是:“燮儿呀，你晓得我是如何眼巴巴地在望你早些胜利归来吗?”充分表现了老父亲的一片深情，表现出他对领兵打大仗的儿子的担心、渴念和怜爱。如果删去这句话，文章的感染力和可读性都会差多了。

曾国藩为他的弟弟国葆作过下面这样一副挽联：

> 英名百战总成空，泪眼看河山，怜予季保此人民，拓此疆土；
>
> 慧业多生磨不尽，痴心说因果，望来世再为哲弟，并为勋臣。

现在说“英雄流血不流泪”，斥责温情主义；作为三军统帅，曾国藩在战局严重时“泪眼看河山”，嗟叹“总成空”，岂不会动摇斗志？这样一副挽联，在“高山上的花环”旁边是绝对挂不出来的。

但事实上，曾家兄弟的斗志，却反而更加坚强了。他们的“百战”不仅没有“成空”，而是打开了南京，打出了实实在在的赫赫战果。

作斗争，成事业，需要有人牺牲，付出代价。只要合乎正义，拥有自信，便无须讳言温情，怕讲人道，给它们戴上“资产阶级”“小资产阶级”的帽子。二千六百多年前的范武子，二百来年前的曾国藩，和如今的父兄一样，都是有血有肉有感情的人。

说狗咬人

（2002. 2）

杰克·伦敦有两部小说，《雪虎》(又曾译作《白牙》)和《荒野的呼唤》，一写狼被驯化成了条狗，一写狗恢复野性回归为狼。我在进高中前后看过这两本小说，后来还看过米高梅公司拍的电影，至今留有印象。

据自然史和人类学研究得知，狗被驯化的历史长达万年以上，在六畜之中，比马牛羊鸡豕(猪)的资格都老。

狗的祖先原本和狼一样，成群地游荡觅食。后来它们发现，原始人居处附近，有丢弃的皮、骨和剩肉，因贪吃而停留下来。大多数当然被打死或赶走(至今非洲和澳洲还有野狗)，比较温顺不会伤人的狗得以留下，经过若干年若干代，为了得食养成了听人的话、进而助人猎获的能力，便渐渐成为值得豢养的猎狗、走狗和看家狗了。杰克·伦敦的小说，集中地、浓缩地写出了这一过程。

故狗之所以为狗，亦系出于种类的天性，其一便是贪吃，其二便是能投靠主人，能听话，能服从。这第二点更为重要，盖贪吃乃大多数动物之共性，而俯首帖耳尤其是一有发踪指使立即冲上前搏噬的本事，却远非别的禽兽所能学得会的。

一九四九年八月初进报社，跟老记者柳思下乡采访。他对我言传身教的第一项知识是，News之义除了“新”，还有“北东西南”；第二项知识是，“狗咬人不是新闻，人咬狗才是新闻”。但我后来发现，讲狗咬人讲得好的，也可以成为好文章，比如《战国策》中下面这一节：

> 战国时，魏国新城君位高权重，怕遭忌刻，对于别人在魏王面前议论自己非常敏感。因为白圭常见魏王，身边人就提醒他，得防着白圭一点。白圭知道以后，对新城君说：
>
> “夜里在外面走的人，不一定非奸即盗；他能够保证自己没做坏事，却不能保证人家的狗不咬他，不对着他叫。同样的，我能够保证自己不在大王面前说你，却不能保证别的人不在您面前说我啊！”

这便是拿狗叫说人事的一节好文章。虽说会叫的狗不咬人，人们通常还是将叫和咬联系在一起。

抗战时住乡下，狗叫在夜间常能听到，总会带来一些不安。白天单身外出时，走近人家，一闻狗吠，心常惴惴。其实我本人被咬的次数并不多，不过那露出白牙咆哮着猛冲上来的恶形，如果没有主人出来喝止，也真令人害怕。

这些年来，极少听见狗叫，更少见到狗咬人了。对于我这被咬过的人来说，真是好事，但愿能长久也。

诗话一则

（2002. 2）

老来闲览，只爱看篇章简短的笔记杂书，其中也包括诗话一类，觉得远胜于阅读如今的“文学评论”。这原因，除了爱短嫌长，就是诗话一则只谈一事，总能出己见，有新意，就事论事，就文论文；不像今人总是人云亦云，或者带着个人恩怨和太多的言外之意。

王渔洋《池北偶谈》卷十八《论坡谷》，便是一则诗话：

许彦周说过：苏东坡的诗不可以轻易批评，正如长江大河，难免不挟带一些泥沙，卷起一些泡沫。在江河上，既有豪华游船，也会漂浮垃圾；但无论如何，长江大河的气魄总比井泉池沼、山塘石涧大得多，虽然这些地方的水可能比江河干净些。

杜文轩也说过：男子汉去见朋友，大大方方迈步便走；如果是姑娘少妇，便少不得化妆换衣裳。这就是苏东坡和黄山谷诗的不同风格。

王氏述许彦周说的，也就是通常所谓大家和名家的区别吧。苏轼毫无疑问是大家，他的作品多，读者、研究者、批评者也多。写得多了，也不可能首首都好，句句都好；挟带的泥沙、卷起的泡沫，也更难逃过熟悉江河的人的眼睛。而只有少数精品流传下来的小名家，正如钱锺书在《宋诗选注》序文中说的，却可以“占尽了便宜”。但大家毕竟是大家，王之涣在总体上是无论如何都比不过李太白的。

但我觉得，杜文轩将苏诗比作大踏步的男子汉，固然不错；将黄诗比作梳妆打扮的女人，却未免失当。苏黄都是大家，他们的差别不是数量级的，加上性别的色彩就更为不伦不类了。

诗话的最大优点是短，短则易读；短则内容具足，容不得空话、套话、应酬话，而这正是如今文学评论的通病。

东坡写景 （2002.3）

现代人的文章，我喜读周作人；古代人的文章，则喜读苏东坡和张宗子。东坡写景如《书临皋亭》，短短几行而摇曳多姿，有馀不尽，试着用我自己的话译介如下：

> 吃饱喝足后，往临皋亭的长椅上一靠。从左边窗子里，呈现出蓝天上缭绕的白云。从右边望过去，是从脚下回旋流过的江水。将前边的门户统统打开，对面一大幅青翠欲滴的山景，又涌现在眼前。
>
> 这时我的思想好像特别敏感，却又特别单纯。单纯到只剩下对大自然的满怀感激，和对自己很少创造只知享受的深深惭愧。

古文今译是费力不讨好的事情，我这不过是将自己读文章时的感觉多少记下一点罢了。

除了苏东坡，我也曾为屠格涅夫、吉辛、孟浩然、柳宗元、史悟冈笔下的景色所感动，觉得要比画在纸上布上的，甚至比留在视网膜上的，更能够深入人心，动人情感。

此即是文学的力量，这力量是超时代、超国度的。能写出好的文章的前辈如苏、张、周者，能具此力量，殆出于天授，非人力所能强。我之所以讳言文学者，盖尚有自知之明，知道自己永远也写不出这样的文章；只要还能读上几篇，多少领略一点气味，也就和东坡在临皋亭中那样满怀感激了。

五公祠

（2002.3）

“古来才命两相妨”，用来形容苏轼的一生，真是切合。他初为官即因迕当道外放，接着又因作诗被检举为“谤讪朝廷”下狱论死。侥幸得贬至黄州，于东坡作陂种稻，始自号东坡；之后回汴京做过一段时间文字工作，六十岁时又被贬到当时被认为是天涯海角的海南岛上去了。

如今海口市内有座五公祠，真正的主角却是不在五公之列的苏轼；在苏轼像两旁，一边是陪父亲到海南的苏过，一边则是一位姓姜名唐佐字公弼的海南本地年轻读书人。

苏轼被贬到海南一年后，姜唐佐便从琼山来儋耳（今儋州市新洲镇）相见；读书问学，整整陪伴了苏轼半年。姜唐佐告辞回琼山去时，苏轼为其书写柳宗元《读书》《饮酒》二诗，并作《别姜君》一则短文相赠：

> 元符己卯闰九月，琼士姜君来儋耳，日与予相从，庚辰三月乃归。无以赠行，书柳子厚《饮酒》《读书》二诗，以见别意。子归，吾无以遣日，独此二事日相与往还耳。

《读书》《饮酒》，柳宗元的诗。是啊！读书，饮酒。姜君走了以后，除了读书饮酒，苏轼还有什么别的事情能做，能够打发这寂寞无聊的日子呢？

是呀，“才命两相妨”，看来真不假。但人们仍可想一想，苏轼有才无命固然不幸，如若幸而官运亨通，不离开京城，不离开文化中心，不投荒万里来到如今内陆人去了还语言难通的海岛，他又怎能得见姜唐佐，得以留下《书别姜君》和“大瓢贮月归春瓮，小杓分江入夜瓶”这许多千古不朽的文字？

人们还可想一想，“琼士姜君”如若不能从苏轼读书问学，不能得到苏轼书别的这则短文，又怎能进五公祠坐在苏东坡旁边呢？

石燕 (2002.4)

古书记录事物，往往将传说或推测作为事实，其实远非真相。如《水经注》之记“石燕”：“(湘水)东南流径石燕山东，其山有石，绀而状燕……及其雷风相薄，则石燕群飞，颉颃如真燕矣。”宋人张师正《倦游杂录》却能根据实际观察的结果，驳斥了“石燕能飞”的说法，文章的大意是：

> 古书云“零陵石燕，风雨则飞”。据说它乃是一种矿物类的药材，产于零陵，平时和石头长在一起，风雨来时便能起飞。言之凿凿，大家都这样听着，从没人表示怀疑。
>
> 郎中谢鸣是我的同年，他告诉我说：他曾住在山寺里读书，见到山崖高处石头上，确实长有形如飞燕的东西，便用笔在上面一一标识。当夏日太阳久晒，石头被晒得滚烫时，如果忽然天降暴雨，“寒热相激”，有的“石燕”便会掉落下来，上面还带着标识。可见这是岩石冷热突然变化的结果，并不是“石燕”真的能飞。

现在知道，石燕是一种古生物化石。这种生物远古生活在浅海中，不可能会飞。它们死后沉于海底泥中，后来海陆变迁，成了沉积岩中的化石，当然更不能飞了。

从《倦游杂录》看，对于“石燕能飞”之说，宋人即已表示怀疑。明朝李时珍著《本草纲目》却仍云“石燕有二”，一种是石类，另一种则为禽类，而且“口方，食石乳汁”，好像硬有这样一种“能飞”的动物似的。直到清末宁乡黄本骥作《湖南方物志》，仍写道：

> 顾恺之言“零陵石燕，风雨则飞”。罗含言“今不复飞”。罗顾同时，言乃互异。今石燕山在祁阳境，询之土人，其飞如故。每风雨，则山间历落有声。

虽然也记录了“山间历落有声”的现象，却还要说“其飞如故”。

谢鸣在宋时即能怀疑旧说，用实验的方法去寻答案，这便是科学精神的萌芽。七百年后的黄本骥，明明知道“山间历落有声”，也不肯实地去看一下，看到底是“寒热相激”使石头迸落，还是石燕真的能飞。看将起来，科学的历程，真不是那么容易走得过来的。

这真是中国人的悲哀，也就是科学的悲哀啊！

鸡鸣狗盗

（2002. 4）

王安石的《读孟尝君传》是上初中时读过的，并没有留下太深印象，现在试着将其今译如下：

都说孟尝君尊重知识尊重人才，人才都集中到了他门下，因此当他在秦国被扣留，才能靠门客的能力，得以脱险。

可是，在夜里扮成狗子爬进秦宫去偷白狐裘，在拂晓前为诓开城门用口技装公鸡叫，这是什么样的能力啊！孟尝君的这班门客，不过是些鸡鸣狗盗——装鸡扮狗的角色罢了。

当时齐国的国力并不比秦国差，若真能得到安邦定国的人才，何愁不能对付秦国，怎么会要靠装鸡扮狗来逃命呢？

装鸡扮狗之流都被当作人才收留，真正的人才大概也就不会来了。

作为辩论文章，这篇的确写得很精悍，很有力。

原文第一句是，“世皆称孟尝君能得士”，“得士”就是能够依靠、使用知识分子。“士”到如今只能在象棋上见到，古时候是用来称呼有理念有抱负有思想的知识分子，鼓上蚤和小乙哥有时能派大用场，却根本算不上的。

我对于将艺人和球星归类为“高级知识分子”一直有些想不通，虽认为他们凭本事拿特高工资完全应该，因为从来即是如此，头牌花旦的包银总要高出一级教授好多倍的。我总无法想象，红线女和陈寅恪坐在一起如何讨论，难道要红线女给陈寅恪唱《并蒂花开》，陈寅恪给红线女讲《柳如是别传》吗？

桃花饭

（2002.4）

苏东坡在《书张长史书法》文中说，古书记载，修道者见桃花而悟道，于是世上便有人相信桃花能给人灵感，便尽量去接触桃花，甚至将桃花做在米饭里头吃；一直吃了五十年的“桃花饭”，灵感却始终没有出现。

东坡由此谈到张旭的书法，说张旭曾见到一个挑夫为了抢在公主出行的队伍之前通过路口，表现出了矫捷的姿势，从而悟出了写草字的诀窍。但如果谁想要学会写好字，便天天跟在挑夫后面等着瞧，难道便能瞧出诀窍来吗？

见桃花悟道的是谁呢？可能是个叫志勤的禅师吧，他在沩山，因见桃花而悟道，有诗偈云：

> 三十年来寻剑客，几回落叶又抽枝。自从一见桃花后，直至如今更不疑。

沩山在我们湖南长沙宁乡，唐五代时为著名道场，禅宗沩仰宗之祖庭，寺庙至今仍在，可见此乃是实有的事。不过

“一见桃花”只是禅师悟道的一个由头，他并没煮吃过什么桃花饭。

桃花只在春天开，花期并不长。五十年的桃花饭，很难设想此人是如何坚持着做，坚持着吃下来的。东坡本文未谈及这些细节，其《物类相感志》中的“桃花饭”，其做法则是：

> 做饭了，以梅红纸盛之，湿后去纸和匀，则红白相间。

不过将一碗白饭点染成“红白相间”的罢了，这倒容易做到，却又与志勤禅师所见的桃花无涉了。

花间集

（2002.4）

书话书评，在古人题跋文字中占了不小的比重，我甚喜读之。但最怕应酬气，虽然古人通常还比较含蓄些；其次则是用圣贤之道训人，也很败胃口。只有像陆游这篇《跋〈花间集〉》，借一部书做自己的文章，发抒自己的胸臆，才是写得最好的：

> 《花间集》皆唐末五代时人作，方斯时，天下岌岌，生民救死不暇，士大夫乃流宕如此，可叹也哉，或者亦出于无聊故耶。

全文只四十五字，却深刻揭示出，天下大乱，百姓们辗转求生，十分痛苦，读书人却仍然诗酒管弦，写出了《花间集》这样风流放荡的作品，这种十分矛盾的现象，怎么能解释呢？难道不是作者想有所作为而无可作为，空虚无聊到了极点的缘故吗？

编《唐诗百家全集》时，我通读全唐诗，发现了一个十分有趣的现象，这就是：

读者普遍认为其作品富有人民性，最能反映民生疾苦的诗人，其个人生活往往倒比较优裕，很少吃苦。最突出的例子当然是白居易，官做得大，房子建造得华美，小老婆也讨得多。他的《卖炭翁》等诗篇，小学生都读过，可谓深入人心；但在他的两千八百多首诗中，“忆妓多于忆民”却是不争的事实。

相反的，那些家境贫寒、世途蹭蹬、人生不幸的诗人，例如刘希夷、崔曙、周贺、寒山……诗中却极少有“朱门酒肉臭，路有冻死骨”这样的句子。因为朱门酒肉的气味，他们根本就很少闻过；而当自己在受冻挨饿时，大概也不可能再去替“伐薪烧炭南山中”的别人操心了吧。

日本人占据上海南京，“生民救死不暇”时，张爱玲仍在写《沉香屑》，烧《第一炉香》。她到底是想拿作品去换“良民证”，还是“亦出于无聊故耶”，人们真可以再好好想一想。

东坡的书话

（2002.5）

我在《谈书话》一文中写过，不能说书话始于唐弢，正如不能说诗话始于欧阳修一样，他们不过开始将“书话”“诗话”用作自己的书名罢了。

周作人极为赞赏《颜氏家训·文章》篇中所云：

> 王籍《入若耶溪》诗云“蝉噪林逾静，鸟鸣山更幽”。江南以为文外断绝，物无异议，简文吟咏，不能忘之，孝元讽味，以为不可复得，至《怀旧志》，载于《籍传》。范阳卢询祖邺下才俊，乃言此不成语，何事于能，魏收亦然其论。《诗》云“萧萧马鸣，悠悠旆旌”，《毛传》曰“言不喧哗也”。吾每叹此解有情致，籍诗生于此意耳。

周作人云：“此是很古的诗话之一，可谓要言不烦，抑又何其有情致耶。后来作者卷册益多，言辞愈富，而妙悟更不易得，岂真今不如古，亦因人情物理难能会解，故不免常有所蔽也。”这“要言不烦”和“有情致”两点，是周作人评判诗话的主要标准，也可作为我们评定书话的主要标准。

苏东坡所作题跋小记，有的是诗话，有的是文话、画话，像这篇《书渊明“羲农去我久”诗后》，则十足可称之为书话，兹今译如下：

听说江州东林寺里有陶渊明诗集，正准备打发人前去，在那里的李君便给我送来了一部。接过来一看，字大，纸厚，不禁满心欢喜。

从此，我一天也没离开过这部陶诗。每当身心感到疲倦，或者自觉无聊时，便拿起来读一首。只读一首，绝不多读。生怕诗集很快被我读完，以后的日子就无法排遣寂寞了。

有岛武郎说：“我因为寂寞，所以创作。”苏东坡在这则书话中表达的意思则是：我因为寂寞，所以读诗。

难道读诗只是为了排遣寂寞吗？

难道读诗不是为了排遣寂寞吗？

苏东坡最爱陶诗，曾说过：“吾于诗人无所甚好，独好渊明之诗。”又曾作《和陶诗》百二十首，陶渊明的诗每一首都是他早就熟读过的。为什么得到这部江州刻本的陶诗，他仍要爱不释手，每天只读一首，生怕诗集很快被读完呢？恐怕他不仅是爱陶诗，也爱上了“字大纸厚”承载着陶诗的这本书吧。

因为爱读书，而舍不得快读，尽量多留下点新鲜感，借以排遣难堪的寂寞，唯书痴、书淫能进入此境界，未深知读书三昧者，盖不足以语此也。

怕痛

（2002.5）

黄裳称之为绝代散文家的张宗子，生于明万历二十五年，死于清康熙十五年，和我们这些六十岁以上的人一样，都是经历过两个时代的人。我最喜读其《五异人传》《自为墓志铭》和《陶庵梦忆》中的《西湖七月半》等篇，以为文章之极致，还包括他晚年作的这篇《自题小像》：

功名耶？落空（按：读如钻空子之空）。
富贵耶？如梦。
忠臣耶？怕痛。
锄头耶？怕重。
著书二十年耶？而仅堪覆瓮。
之人耶？有用没用。

在古人的文章中，这算是明白如话的了，但我仍想将其既不“信”又不“达”当然更不“雅”地来“今译”一下：

理想呢，早已无影无踪。
事业呢，成了吹过的风。
为国捐躯最好，却怕打冲锋。
也想下田种地，腿脚又抽筋。
写书写了二十年，只留下废纸若干斤。
就是这样一个人，大家看哪，中不中？

明朝的人成了清朝的人，还说自己没有做忠臣是因为怕痛；在日丹诺夫、姚文元们看来，写这几行的人，若非反动派卖国贼，定是投降派寄生虫，即使不按古米廖夫的判例立即执行，也得送往“古拉格群岛”，或者赶到巴黎等什么地方去，才得眼中清净，虽然他们自己怕不怕痛，倒确实是一个疑问。

张岱说他砍头怕痛，没有做忠臣，只是一句反讽。他原来当吃自家饭的大少爷，没做过明朝的臣，对于失败和亡国，他是没有责任也负不起这个责任的。因为著作未完，他才“披发入山”，“以世家而下同乞丐”，在贫穷中坚持完成了自己的心愿。他的作品都是汉文学的瑰宝，而绝不是“仅堪覆瓮”的废纸。这里他不过是自嘲，开开玩笑罢了。

专制之一恶是容不得幽默。审查文字有如看犯人供词，总要从中找出罪证来。瞿秋白临死说了句豆腐好吃，也被视为叛徒。欲人人都抄两句“孔曰成仁，孟曰取义”再死，这死岂不也太难了吗？

考老师

（2002.5）

说张岱的文章有趣，其实是张岱的为人有趣。无趣之人，决写不出有趣的文章；有趣之人，又有写文章的天分，才能作出有趣之文。

张家有人去应考，没考上，回来后将考卷交给张岱看。张岱看了，显得十分惊诧，张开口合都合不拢，半天才说："这哪里是老师考学生的文章，简直是学生考老师的文章呀！"在旁边听到的人，无不哈哈大笑。

随即张岱出资刻印了这篇落第文章，特意描述自己的惊诧之词，作为跋语。跋语中还加上了这样一句：

> 应付考试的八股文章，能自由发挥的范围本来很窄。硬要写成像文曲星君召唤李贺去写的那庆祝天上白玉楼落成的文章，他们又不是七岁能诗的鬼才，能看得懂吗？

黄裳称张岱为"绝代的散文家"，谓其文有一特点，即"绝不与别人相同"。周作人亦颇赏张氏之文，说"他的特色是要说自己的话”。两人的说法其实都一样，也就是我爱读《琅嬛文集》和《陶庵梦忆》的原因。

关于李贺(长吉)和天上白玉楼的故事，李商隐所作《李长吉小传》云：

> 长吉细瘦，通眉，长指爪，能苦吟疾书。……将死时，忽昼见一绯衣人，驾赤虬，持一版，书若太古篆或霹雳石文者，云当召长吉。长吉……下榻叩头。……绯衣人笑曰：帝成白玉楼，立召君为记，天上差乐，不苦也。

乃是类似宋玉《招魂》、王尔德《渔人和他的魂》的写法，正适合写李长吉这样的年少鬼才。

长沙民歌

（2002.5）

我喜欢民歌，以为它是真正的诗，是真正的人性人情的流露，即所谓天籁。在《诗三百》之中，《国风》即比《雅》《颂》尤其是《颂》好读得多；田野市井远胜于廊庙朝廷，对于文学而言，固如此也。

清康熙时人刘献廷的《广阳杂记》，是一本很可读的书，不仅思想见解深刻，文辞亦复可喜。有一则说他从前在衡山县过元宵节，睡在床上听采茶歌，颇为喜欢它的音调，词句却一点也听不懂。后来又来到衡山，又听到了采茶歌，土话虽然还不能全听懂，意思却总算能明白三四分了。这才觉得，乡下妇女小孩子们口里唱的歌，它们的意思、词句和表现方法，其实和《诗经》里保存的古代民歌，相差并不很远。于是不禁感叹：

> 村妇稚子口中之歌，而有十五国之章法。顾左右无与言者，浩叹而止。

刘献廷的寂寞是当然的。解人从来难得，恐只能求之于异代不同时。湖南长沙周寿昌，为道光进士，其《思益堂日札》卷七有《采茶歌山歌》一则，记本地山歌有一首云：

好马不吃回头草，好客不饮路旁茶，
蜜蜂子不采罢园花。

原注：“罢，犹落也，言园中花之将落者也。”此至今仍是长沙乡间对已婚生子妇女略带贬义的称呼，城市居民中很少听到了。此类民歌周寿昌一共记了好几首，又一首云：

家花不比野花香，野花不比家花长；采花莫踩秋露水，
露水踩罢不成霜。

五十多年前在乡下听唱时，觉得“采”和“踩”，“霜”和“双”的谐音特别有意思，当时便把它记录下来了，字句则与周氏书中所记稍有不同。但后来“大跃进”搞民歌采风，这些歌均不见入集，采上来的都是“天上没有玉皇，地下没有龙王”那一套，正好接上省作协主席所作“纵做鬼，也幸福”，成了新民歌的主流和正统。刘献廷、周寿昌的鬼对此感觉如何，会不会“也幸福”呢？暂时尚未“成新鬼”的我，那就真的不知道了。

好为人师

（2002.6）

儒家经典，有的确实寓意深刻，道理讲得十分透彻。比如《孟子·离娄上》篇中“人之患，在好为人师”这一章，隐去“孟子曰”只有八个字。如果译成白话，那意思就是说：

> 一个人，如果自以为是伟大的导师，随时随地都要教导别人怎样思想怎样生活，不听他的便不行，那他一定是有毛病了。

世上有这种“好为人师”的人吗？当然有啊。毛病轻、能量小的，如过去居委会中常见的“革命老太太”，不仅宣讲物资供应规定条文聒噪难耐，每逢周末手捧药械挨家挨户来落实计划生育更是讨嫌。毛病重、能量大的，如洪秀全发高烧做了个白日梦，便成了皇上帝的第二子，编出什么《原道醒世训》，硬要老百姓跟着他天天读，杀人放火来建立地上的天国。毛病更重、能量更大的墨索里尼当了“领袖”，希特勒当了“元首”，意大利和德国的人民在他们教导下，搞法西斯、反犹太人，发动战争，死的人就更多了。

孟子所认为有毛病的，正是希特勒、墨索里尼这样的“领袖兼导师”，而绝不是正正经经传道授业解惑的教师。孔孟诲人不倦，是为了理想，为了责任；人们尽可不接受他们的教育，却不能不予以相当的尊重。也绝不是老老实实的教书匠，他们选择这个职业，是为了养家糊口；即使认白字，好吃，想女人，顶多被写入《笑林广记》，哪有资格上经书？

孟子所讲的毛病，全在“好为人师”这个“好”字上。“好”即是有瘾，瘾一重，便会产生种种精神症状。如果只是发花痴去翻看别人内衣，或整天自言自语，倒还罢了。若是成了偏执狂、妄想症，小则听壁脚打小报告，大则如邪教传播“经文”，教别人赴汤蹈火，送命受折磨。病根子皆在于自以为是伟大的导师，是救世主。结果在世上造成无数麻烦，给世人带来无穷痛苦，毛病大矣。

题名和题记

（2002.6）

如今各地大修名胜古迹，少不得需要题名，有的还要作记。这难就难在文章越短，文字越少，越是需要作者有一点真实的本事。题名少者一字，多亦不过十来字，所以最难出色。题记则可以有时且不能不稍长，通常皆以韵语充数，因为那实在比散文容易些；用散文则以不超过百字为宜，王渔洋《招隐寺题名记》可以为例：

昔人言招隐水深山秀，烟霞涧毛皆不凡。予以庚子仲冬月同昆仑子来游，红叶满山，石骨刻露，泉流萧瑟；登玉蕊亭上，远眺江影，惝恍久之。

招隐寺因招隐山而得名。山在江苏丹徒县南，六朝名士戴颙隐居于此，后来又是昭明太子读书之处，山石、泉水和寺庙都很有名。王氏这则题记全文不过五十四个字，真不算长。

听说印度某处名胜（不知是不是泰姬陵）石壁上刻着四行题记，也很有名：

如果说世上有天堂，
就在这里！
就在这里！！
就在这里！！！

汉语译文只有二十个字，就更短了。

有位出书的朋友，曾将故宫中的联语辑为一册，颇为壮观。我对他说，从文化积累和阅读意义看，倒不如扩大采辑的空间和时间，编印一册《题名和题记》。着眼点不必在书法，而在其文学的价值和文化的价值。如吴琚之题

天下第一江山

传说曹操之题

衮雪

都不仅字迹经久犹存，文辞脍炙人口，而且都有故事流传。便可以为之摄影留真，再用一二百字介绍其自然环境和人文历史。采辑范围也应适当扩大，即中山陵前的

中国国民党葬总理孙先生于此

谭延闿写的这十三个大字亦可留存，因为写得实在是好，谭氏个人并未落款(虽然他这时已为国家领导人)，措辞亦很得体。比起新修的黄帝陵来，在人文始祖的墓碑上公然以行草落款“郭沫若”，则只能称之为僭妄无礼，极不得体了。

渔翁诗

（2002. 6）

渔翁夜傍西岩宿，晓汲清湘燃楚竹。烟销日出不见人，欸乃一声山水绿。

柳宗元这首题为《渔翁》的诗，王渔洋说留下这四句，便是一首佳妙的七绝，而可以删去下面两句：

回看天际下中流，岩上无心云相逐。

原文见《分甘馀话》卷一，云：

余尝谓柳子厚“渔翁夜傍西岩宿”一首，末二句蛇足，删作绝句乃佳。东坡论此诗，亦云，末二句可不必。

这是对名家名作的批评，但也不无道理。

王渔洋说，苏东坡也讲过，这首诗“末二句可不必”。“可不必”即可以不必要，这和王说“末二句蛇足，删作绝句乃佳”同一意思。那就是，他们二人都觉得，柳宗元这首诗应该删去末尾两句，成为一首七言绝句，才最为完美。作为后世一读者，我对此很是认同。

《渔翁》当然是一首好诗，柳宗元当然可称伟大作家。它的好，他的伟大，乃是千百年来无数读者认可的，并非一朝一代一时权威所封，风会所致；所以无法移易，自会永存，“文革”不能屈，运动不能移，尽可不必为之担心。

但好作品未必无瑕疵，伟大者未必无缺点。后人有意见，发议论，要批评，都是正常的，也是人类进步、文化发展的必然结果。后人的意见当然未必全对，亦未必全不对；有的原本不对，但时移势易，或者也会有了一些对的成分。但无论如何，后人总有发表意见的权利，前人的好和伟大(只要是真的好和伟大)亦不会因此受到什么影响。

《渔翁》到底是原来六句好，还是删掉后两句成为四句好，喜欢读旧体诗尤其是喜欢读柳诗的朋友，都可各抒所见，亦不必强求一致，统一观点。当然，古人的作品摆在那里，是不能移易一字的。渔洋只是在作文学批评，并不是想入删书衙或审读小组，此乃常识，应不致引起误会。

放翁的书话

（2002.7）

依我看，和苏东坡一样，陆放翁也写过许多篇书话。他有篇《跋〈历代陵名〉》，现在读来仍觉得有很强的针对性，兹意译如下：

在荣州做太守的某人，给我送来了这部他新刻印成的《历代陵名》。

刻书印书，当然是好事，但好事也须做得好才行。读了点书又做了个官的人，总喜欢刻书印书；有的却不注重编校质量，印出来的书错字连篇。拿了这样的书送给人或卖给人，不是在发扬文化而是在糟蹋文化。

刻印出这样的书来，真不如不刻不印还好一些，唉！

这则放翁书话，要言不烦，却提出了一个书籍出版工作中值得注意的大问题——如何防止出错。

书中出错，总是不好的。我读书、编书、校书，所遇见的错字，刻本如“予思朱子言”错成了“子思朱子言”，印本如

"八大家"错成了"大家",都会引起误会,造成错觉。因为"原本如此",这类错字靠校对恐难根除。

周作人在一篇文章中写到过,有一首诗中的一句:

村店村桥入畫时

畫现今已简化为"画",但当时用繁体字,印出来便错成了:

村店村桥人盡时

盡现今也简化为"尽"了,原来却和畫字因形近而致误,同样致误的还有"入"和"人"。这和"刑天舞干戚"成了"形夭无(無)千岁(歲)"一样,还勉强情有可原。甚至还有人说,错句意境其实比不错的还好些,这就只能是狗戴帽子——碰中,不足为法的了。

写到这里,觉得自己可能跑题了。回转头来说《历代陵名》吧,那位在荣州做太守的人,为什么要给陆游送书呢?我想,恐怕是陆游此时正在成都当参议官的缘故,却不料引来了这当头一棒。

看来,热心给领导和领导身边工作人员送样书的,有时也还是小心一点为是,万一碰上了陆游呢!

不怕鬼打

（2002.7）

郑板桥手写、司徒文膏刻的《板桥诗钞》，上世纪五十年代初，我曾买得过扫叶山房影印本，卷首有前后二序，《后刻诗序》之后又有两行附记，是一篇很妙的短文，兹今译如下：

> 郑板桥的诗，能够刻印出来呈献给读者的，全都在这里了。我死后，无论用什么名义搞增编补辑，将平日为了交差应请勉强写出来的东西拼凑成书，再来出版，都是违背本人意愿的。我的鬼魂一定会为此气得发狂，一定要打破干这种混账事的混蛋的头，让他不得好死。

在《前刻诗序》中，郑板桥表示不听劝阻决定刻印自己的诗，可见他有出版的欲望。这篇《后刻诗序附记》，又说明他很怕身后别人将其“无聊应酬之作”拿来出版，将“为厉鬼以击其脑”。坚决要印和坚决不印，都是珍重作品，珍重读者的表现。

作者一生中所写的东西，未必都有保存的价值。无聊应酬之作不必说了，还有奉命来作的表态文章、应景文章、大批判文章，更不必说违心地检讨自己和检举别人的文字了。这些文字不仅不能给本人增光，政治上事过境迁也早就过时了。作者如果悔其前作，或者爱惜羽毛，也有撤销的权利，别人亦应该理解。

有时候，为了研究作者，或者为了研究历史，也有搜辑出版遗文的必要，但绝不应是为了牟利。至于像某某某之子将爷娘亲自删去的房帷私语搬出来卖钱，将先人不愿公开的生平行事公之于众，则太不堪，只能称之为不怕鬼打的不肖子孙矣。

装糊涂

（2002. 7）

黄河中下游各地，从古至今，都将用五谷杂粮熬来充饥的粥叫作“糊涂”，其性状黏糊糊，软塌塌，拎不清，因此得名。这后来并被用以形容人的性格，糊涂虫、糊涂蛋成了明显的贬称。书面上的糊涂则比较客气，通常指不精明，不细致，马虎敷衍之类表现，给别人的印象总是负面的。但郑板桥却特意为自己题写了一方四个字的横幅：

难得糊涂

并且加写了一段题记：

聪明难，糊涂难，由聪明而转入糊涂更难。放一着，退一步，当下心安，非图后来福报也。

绝顶聪明的郑板桥，何以要说“难得糊涂”，何以要说“由聪明而转入糊涂更难”呢？

郑板桥当然知道，天生的糊涂人是不可能变聪明的，聪明人则有可能装得糊涂一点，不必那么精明能干争强好胜，遇事“放一着，退一步”，即“由聪明而转入糊涂”。这“转入糊涂”其实便是装糊涂。

明哲保身的出发点比较消极，好像只适用于乱世。郑板桥生逢“康乾盛世”，“康熙秀才，雍正举人，乾隆进士”的经历虽然不算十分亨通畅达，比起金圣叹们来总好得多。

郑板桥当了县级干部后及时退休，虽不如袁子才诗酒风流，仍能“闲来写幅青山卖，不使人间作孽钱”，心安理得地以创作终老，实在享有读书人难得的福分。这便是他能毅然决然“由聪明而转入糊涂”的缘故，此四字之所以能刻石铭金，流传天下，良有以也。

见国民党战犯出书，从照片上看，在他的书房里也挂着一幅“难得糊涂”，则不禁好笑。此人原从共产党叛投国民党，后从国民党投降共产党，一直都没有失过机会，精明得很，何曾糊涂过一回啊。

自作主张

（2002.7）

闲章如周作人的“寿则多辱”，室名如周之“苦雨斋”，别号如周之“知堂”，都是文人抒发情怀、展示风雅、张扬个性的表现形式；不过室名别号通常只有一个，闲章多少随意，则并无限制。

明清以来，此风浸盛，尤其是能题诗又擅书法绘画的人。郑板桥的闲章最多，据说超过了七十一方，广为人知者如“俗吏”“七品官耳”“二十年前旧板桥”，少为人知者如“然黎阁（燃藜阁）”“麻丫头针线”“有数竿竹无一笑堂”“恃鬻耳”“眼大如箕”，都很有意思。特别有意思的是，他还请朱青雷刻了一方：

郑为东道主

跋云：

“舍郑以为东道主”，板桥割去“舍”字“以”字，便是自作主张。凡作文者，当作主子文章，不可作奴才文章也。

郑板桥的这方闲章，落款“朱青雷刻”，印文和跋文则为板桥自作。《左传·僖公三十年》记晋侯秦伯围郑，郑遣烛之武（人名）出请秦人退兵，说辞中有这样一句：

若舍郑以为东道主，行李之往来，共（供）其乏困，君亦无所害。

等于说：“若是能够放过郑国，留着起招待所的作用，来去时提供方便，对贵（秦）国也不会有害处。”

“郑为东道主”，郑板桥请客时所用闲章的五个字，便是将《左传》“舍郑以为东道主”七字删去“舍”和“以”两个字而成的。其文字功夫实堪佩服，但更令我佩服的，却是他的能“自作主张”。

凡作文者，当作主子文章，不可作奴才文章也。

说得真好！

理解难得

（2002. 7）

抗战时期在乡下生活过八年，见过一些回城以后便再也没有见到过的器物。有一种农民自己用竹篾编成的漏斗状物，放置在溪涧流水中，鱼儿随流水进去后便无法出来的“篙”，当时只知称其为 háo，字形则是这次才从《汉语大字典》中查出来的。还有一种山里人叫铁匠“打”出来的“夹子”（这好像没有别的名称），则是傍晚时分安放在自家山林中的“兽道”上，次日早晨去巡视看有无被夹住脚的麂子或野兔，无有即须收回，以免误伤上山的樵人或小孩。

当时幼小的我，“篙”拿在手里玩弄过不止一回，用它捕来的鱼更常常得吃，虽然捕鱼的并不是我。至于那铁打出来的“夹子”，因为大人的警告，则从未和它有过肌肤之亲，虽然麂子肉和野兔肉，一年总吃过几回。

后来读《庄子》，才知道古人对名物另有称呼，“篙”称“筌”而“夹子”称“蹄”。《外物》篇云：

筌者所以在鱼，得鱼而忘筌。蹄者所以在兔，得兔而忘蹄。言者所以在意，得意而忘言。吾安得夫忘言之人而与之言哉！

这一节四十六个字的文章，大致的意思是：

“篆”是为了鱼才设置的，人如果捕到了鱼，篆便可以丢放在一边了。夹子是为了兔子才装起的，人如果捉住了兔子，夹子也可以搁在一边了。话是为了给别人听才开口讲的，人如果懂得了我想要说的意思，话也可以不必讲了。唉！世上哪有不用多开口便能够理解我的意思的人啊！

庄子文章之好，毋庸多说。“得鱼忘筌”“得兔忘蹄”和“得意忘言”都成了成语，指一种状态，一种境界。我读此文最主要的感受，则是庄子那广大的、深深的寂寞。

理解者真难得啊！

《论语》的文学性

（2002.7）

《论语》是关于孔夫子言行的记录，许多篇章却富有文学性，比如说“子在川上”这一章：

子在川上曰：逝者如斯夫，不舍昼夜。

读之如诵诗篇，意味深长，只有曹孟德“对酒当歌，人生几何”句差堪仿佛，别的都差得远。

一九四二年入“东郊乡中心小学”读六年级之前，我未进过学校。父亲给读的书，兄姊留下的各科读本（从小学到初中）之外，还有一部刻本《毛诗》，一部“铜版四书”（为什么叫铜版，我至今仍不明白），一部石印线装的《唐诗三百首》和一部铅印平装的《古文观止》。除了算术，父亲并不给讲解，全让我自己读，只偶尔叫背诵几篇几首，好在马马虎虎能应付过去，彼此也就可以交差了。

那时就觉得，《四书》里的这一章，还有“浴乎沂，风乎舞雩”，与“大学之道”和“天命之谓性”之类不同。它和“昔我往矣，杨柳依依”，甚至和“燕子去了，有再来的时候”，其实更为接近，读来并不觉得枯燥，而是觉得有味。我眼前出现的潺潺流动的河水，和临风摇曳的杨柳，飞去飞来的燕子一样，能带给我想象的快乐，甚至会使我联想起下河去捉鱼摸虾，或者渡河去向远方……

岁月不居，人渐渐地长大，到了多幻想多伤感的年龄。读高中已经在长沙，有次周末坐划子过湘江回岳麓山，天气很热，渡者多将手臂伸入江中，让清凉的水流从皮肤上滑过。忽然我心中记起了孔夫子这一句：

> 逝者如斯夫。

马上便想到，我的生活，不就跟滑过手臂的江水一般，一刹那，一刹那，一点一点，就这样一去不回头地在流逝，在消失吗？而且是一去不复返了的啊！

回到家里，当晚竟一夜无眠。

这大概便是文字的力量，也就是文学的力量吧。光凭这一点，光凭他的文学水平，孔子便尽够我感激和纪念了。

孔子的宽容

（2002. 8）

平心而论，我是能够并且愿意承认孔子的伟大的，作为思想家、教育家、文学家。但后世尊之为“大成至圣”，封之为“文宣王”，便觉得无此必要；君王们以政令和国法将议论评说孔子孔(儒)学者定罪科罚，这就很没有道理；若更因此杀人禁书，则更是莫大的罪恶，也只能事与愿违，因为伟大只能由天下后世人说了算，权威介入终归无用也。

读《论语·微子》，所记楚狂接舆、长沮桀溺、荷蓧丈人，对于孔子而言，便都是“持不同意见者”。接舆见孔子坐的车来了，特地走近来唱着他自编的歌：

> 凤凰呀凤凰，请看看这世界成了个什么名堂。
> 过去的已经没法挽救，未来的还来得及商量。
> 回头吧，快回头吧！做官的绝对没有好下场。

明显地对孔子栖栖惶惶“跑官”表示不赞同，孔子却并未视之为敌，还下车来“欲与之言”。

长沮和桀溺在回答子路问路时的口气，也是很不以孔子要跟“滔滔者天下皆是也”的潮流对着干的态度为然的。孔子却并不反感，反而说“吾非斯人之徒与(欤)而谁与(欤)”，对之表示理解。

荷蓧丈人更加不客气，直率批评孔子师徒“四体不勤，五谷不分”，不配称“夫子”。孔子也不仅不予反击，而且“使子路反见之”，想和他交朋友。

有宽容不同意见的胸怀，有理解不同意见的能力，才能称为伟大。故我真挚地认为，孔子算得上一个伟大的思想家。

信运气

（2002. 8）

唐朝是诗的朝代，写诗的人多，选诗的人也多。当时的诗歌选本，后人称之为“唐人选唐诗”的，流传至今者尚有上十种，其中著名的《河岳英灵集》和《中兴间气集》，曾被张元济收入《四部丛刊》，我读后的感觉都不很好。陆游还写过一则《跋〈中兴间气集〉》，大约可以说是后世对它的公论，大意是说：

> 唐代大诗人高适为渤海郡人，表字仲武。编这本唐诗选的人也署名“高仲武”，却是另外一人，读者千万不要把他和“战士军前半死生，美人帐下犹歌舞”的作者弄混。
>
> 高适诗作的高妙用不着说，这位选诗的高先生的诗学，从他对诗人和诗的评论来看，却实在不敢恭维。其庸俗鄙陋，和近出《宋百家诗》中的小序，正是差不多一路货色。
>
> 唐代作诗的高手如林，对诗有理解、能选能评的人应该不会少。流传到今天的，却偏偏是这部《中兴间气集》，

是这位高仲武先生的点评。所谓“文章千古事”，看来这“事”在很大程度上只能靠运气。

不过这位高先生毕竟是唐人，他选的诗毕竟是唐诗。《中兴间气集》里还是有不少好诗好句，尽可供后人欣赏，只要不去看高氏的评点就是了。

陆游说文章只能靠运气，曾国藩也曾经半开玩笑半认真地为自己作过一篇墓志铭，很有意思的：

不信书，信运气。公之言，告万世。

或以为黑色幽默。今见作品尚不如平江不肖生、还珠楼主者被奉为文学大师，过去摆在地摊上出卖的武侠小说改编电影得奥斯卡金像奖，则亦不由得你不信运气。曾剃头的知人论世，确有其独到之处。

我看了唐人选唐诗，唐人评唐诗之后，还有一种感觉，是过去不曾有过的。这就是，对于作家和作品的评说和论定，当时和后世，差别通常都非常大，甚至截然不同。后世选本常常要选，甚至不能不选的名篇，唐人选本中却往往不选；唐人选本中放在重要位置上的，往往却是后人并不爱读，因此选本也并不入选的篇章。《中兴间气集》等“唐人选唐诗”，能够在广大群众中流传至今者寥寥，而且没有一种能拥有研究者之外的读者，便可以证明这一点。

唐人张为撰《诗人主客图》，将中晚唐诗分为六派，各派划分为宗主、上入室、入室、升堂、及门五级。其“高古奥逸主”（一级）为孟云卿，而将韦应物列为二级（上入室），李贺、杜牧列为三级（入室）。这样定级，当时自有当时的理由；现代读者，则肯定没有一个人会同意。

因此我不禁要想，和孟云卿一样运气好的当代作家，看来亦不必太高兴了。

祖咏应试诗

（2002.9）

古时教育也是多学科的，孔门六艺礼乐射御书数，正好相当于公民、音乐、军训、体育、语文、数学，如果再将墨子请来，则自然科学也齐备了。但不知怎的，后来却偏了科，只读经，准备应试的读“四书五经”，不求上进的读《三字经》，考试也只考“经义”（八股文），再加作一首诗(试帖诗)。

试帖诗以一句现成的诗句为题，规定为五言六韵(两句一韵，六韵就是十二句)，多则八韵，少则四韵。唐人祖咏应试的诗题为《终南望馀雪》，他却只作两韵四句，成了一首五绝。主考怪他作得太少，他答云：“意尽。”就是说，意思已经说尽，说完了。

王渔洋《池北偶谈》卷十三就此事发挥道：

王士源说孟浩然写诗全凭兴致，宁可不写也不用平庸的语句凑数。黄庭坚也说诗不必写得太多太长，把心里的意思写出来了就行。祖咏答主考官的话只有两个字：“意尽。”

他们说的都是：作诗只要意思好，又能将意思完全表达出来，便是佳作；写长写短，写多少句，都是无关紧要的。

祖咏的四句诗，全抄于下：

终南阴岭秀，积雪浮云端。林表明霁色，城中增暮寒。

的确写得不错。《唐诗三百首》的五绝部分，将其选为第七首，在裴迪《送崔九》之后，孟浩然《宿建德江》之前。我读书不多，读诗歌选本更少，所见应试赋得诗入选又只有四句的，好像就这一首。

本来嘛，作文尤其是作诗，总得心里有了那么一点“意”和“思”也就是意思，才会得写。“意思”尽了，这点“意”和“思”都写出来了，诗文也就完成了，多馀的话不必再说了。但自由状态下才能如此，命题作文，奉命写作，则是另一回事。祖咏应试时还这样做，这样说，实在难得。

很古的诗话

（2002. 9）

王渔洋还有一则诗话《勿袭形模》，渔洋生于明崇祯七年（一六三四），死于清康熙五十年（一七一一），才过了五百来年，他写的这一则当然不是什么“很古的诗话”。但渔洋说的是《颜氏家训》中“标举”了王籍《入若耶溪》这两句诗：

蝉噪林逾静，
鸟鸣山更幽。

说它用的是《诗经·小雅·车攻》下面两句的手法：

萧萧马鸣，
悠悠旆旌。

颜之推却是一千四百年前的人，而王籍更在其前（据说死于南朝梁普通七年即五二六年），这便可算是很古的了。

“萧萧马鸣”写的是军旅，“蝉噪林逾静”写的是山林，却都是以沉默中的一声响亮来反衬巨大的寂静，也都取得了成功。王渔洋云：

学古人勿袭形模，正当寻其文外独绝处。

“勿袭形模”，意思是不必模仿其题材结构，只要能“神契”“其文外独绝处”便行了。这也就是这一则书话的点睛之笔了。《颜氏家训》的原文是：

王籍《入若耶溪》诗云“蝉噪林逾静，鸟鸣山更幽”。江南以为文外断绝，物无异议。……《诗》云“萧萧马鸣，悠悠旆旌”，《毛传》云“言不喧哗也”。吾每叹此解有情致，籍诗生于此意耳。

知堂周作人《夜读抄·颜氏家训》一文中写道：

此是很古的诗话之一，可谓要言不烦，抑又何其“有情致”耶。后来作者卷册益多，言辞愈富，而妙悟更不易得；岂真今不如古，亦因人情物理难能会解，故不免常有所蔽也。

如今文章发表容易，触目皆是，而要言不烦和有情致的并不多见。评文论诗，必须符合审读小组的要求，要言不烦和有情致如颜之推和王士禛这样的就更少了。

说王维诗

（2002.10）

王士禛（渔洋）为清朝著名诗人，其《池北偶谈》题材广泛，包括“谈故”“谈献”“谈艺”“谈异”诸多方面，“谈艺”部分谈诗的很多，可称诗话；他的别的笔记小书中也含有诗话，大都文笔简当，均有可取。

《池北偶谈》卷十八有一则谈王右丞（维）诗，说王维画雪景，雪里的芭蕉长着大大的叶片，这实际上是不会有的；王维的诗，也有同样的情形，如：

> “九江枫树几回青，一片扬州五湖白”，下连用兰陵镇、富春郭、石头城诸地名，皆寥远不相属。

王诗《同崔傅答贤弟》的前八句是：

> 洛阳才子姑苏客，桂苑殊非故乡陌。九江枫树几回青，一片扬州五湖白。扬州时有下江兵，兰陵镇前吹笛声。夜火人归富春郭，秋风鹤唳石头城。……

九江、扬州、兰陵镇、富春郭、石头城确实并不挨在一起，“寥远不相属”，但是，对于一首诗而言，这又有什么关系呢？

比起他的《老将行》《桃源行》《洛阳女儿行》等名篇来，此诗在右丞集中难称杰构。渔洋诗话以此为例意在说明，“古人诗画，只取兴会神到，若刻舟缘木求之，失其指矣”。这一点倒是十分不错的，我以为。

渔洋诗主“神韵”，于唐人特尊王维，有《唐贤三昧集》可证，其诗话也特别喜欢谈到王维，这也是他的创作自由吧。

何必炫耀 （2002. 11）

陆游有一则书话——《跋〈前汉通用古字韵编〉》，并未多批评它的编著者，却是批评它的读者的。说的是：

> 古时作者读书多，识字多，写作时偶尔用上几个古字，正是随手拈来，本无心分别字体的今古，更不是为了炫耀自己的古学。
>
> 现今作文章的人，却偏要从《史记》《汉书》中寻些后来已经不常用的古字，搬来装点自己的句子，想以此表现“高水平”。殊不知他们洋洋得意时，会有人忍不住发笑。
>
> 偶然见到了这部《古字韵编》，发现它正是为装门面的人服务的。便在书上写了这几句，给见到它的人一个告诫。

意思就是说，写文章的人，大可不必故意写古字难字，不必以此进行炫耀，话说得够重了。

故意写难字、古字，从来不是什么好习惯。唐时樊宗师作文，皇甫湜作诗，均有此病，当时读者即认为他们务为奇僻，流于险怪，并不喜欢。结果《全唐文》中只留下樊宗师一篇《绛守居园池记》，《全唐诗》中只留下皇甫湜三首诗。后来章太炎求复古，自己的文章，认为是被迫不得不作的，结集时取名“迫书”，自无不可，他却偏要题作《訄书》。鲁迅曾从太炎学，受他的影响，全集第一篇《人之历史》的第一句：

> 进化之说，黏灼于希腊智者德黎……

这“黏灼”也就是“闪烁”，光芒初见的意思，亦大可以“始发”“初见”代之，老实写作“闪烁”也可以，何必自己费力还要害得编者读者费力去作注释查字典呢。

第三辑

老人家的尴尬　　（2003.1）

心中有鬼的人多，鬼的故事就不会少；讲鬼故事的人，自己对此应该是明明白白的，比如说纪晓岚。

纪晓岚有学问（《四库全书》的总编），又是大官（等于教育部长），所以他笔下的鬼，也大半是读书人和当官的，特别有意思。

其《滦阳消夏录》卷四中有如下一则：

有个走阴差的人，在阎王殿走廊上见到一位刚死去的老学究，站在那儿瑟瑟发抖。

这时，一位判官走过，看得出是老学究的熟人，同他打过招呼以后，客客气气地问道：

“这么多年，您天天在破除迷信，宣传无神，宣传没有鬼。今天您自己成了鬼，在这里见了面，该怎样称呼您呢？”

周围的群鬼听了，一齐哈哈大笑。

再看那位老学究，却瞠目结舌回答不出，身子更加抖得缩成一团了。

一生一世都是无鬼论的信徒，一生一世都在说世上没有鬼，结果自己成了鬼，却无法面对鬼的打趣和揶揄，这位老人家也真够尴尬的了。

如果他是上了阮千里“无鬼论”的当，真相信人死不会成鬼，那么在信仰终于破灭以后，沉默几日，痛哭几场，还可以再觉悟一回，学着重新做鬼，以适应阴间的生活。如果自己本来也不相信无鬼，只是为了名位待遇和“安全系数”而大放厥词，假戏真做做过了头，将地狱天堂里的朋友统统得罪光，那么最后相见时尴尬自然难免，再缩成一团也是躲不过去的。

附带说明一下，走阴差的人，原文作“入冥者”。他本是普通一活人，却自称可以来往阴阳两界，到“冥国”(阴间)去当差，替判官鬼卒去做些类似“辅警”的工作。有的即以此为业，通常则另有职业，只临时给道士和庙祝做做助手。但到一九五〇年以后，这两类人便在城乡中逐渐消失了。

只能等鬼来

（2003. 1）

纪晓岚所写鬼的故事，《滦阳消夏录》卷六的一则中用上了“山鬼能知一岁事”的典故，很能引起人们的兴趣。

“山鬼能知一岁事”，这句话是从秦始皇的嘴里说出来的。

秦始皇统一全国十年，就横征暴敛了十年，杀人杀了十年。老百姓忍到了头，就有人在石头上刻字：

> 始皇帝死而地分。

秦始皇将石头附近的居民统统杀光，仍有人半夜装鬼，在路上大喊：

> 今年祖龙死！

这下秦始皇不得不紧张了，他“默然良久”后说道：

> 山鬼固不过知一岁事也。

也不知他这么说是故作镇静呢，还是在给自己壮胆。但不到一年，秦始皇果然死了。陈胜、吴广、项羽、刘邦们并起，大一统帝国的领地也被分裂割据了。

纪晓岚的故事，说的却是福建的徐道台：

> 徐某在福建当道台，主管盐务。本来他的官做得稳稳当当，家里也平平安安。后来公馆里却忽然闹起鬼来：上了锁的箱笼，里头无缘无故会起火；姨太太的长头发，睡梦中不知不觉被剪掉了许多……
>
> 不久以后，徐某就东窗事发被撤职，而且很快就死掉了。
>
> 古话云“山鬼能知一岁事”。这位徐道台得意之时，鬼并不找他；快要倒霉了，鬼就寻上门来闹。看起来，鬼硬是有一些预见性的呀！

此徐某与秦始皇并不相干，却都用上了“山鬼能知一岁事”的典故。

对于老百姓的不满，秦始皇原本是不在乎的。鬼一来就不同了，因为鬼既抓不住，也杀不掉。

徐公馆里的事情，跟秦朝的天下也差不多，老百姓是一点办法也没有的，只能等鬼来。

山鬼来烧箱子剪头发了，徐道台的好日子也就到头了。

石头上刻字了，半夜里大喊了，谁刻的？谁在喊？老百姓杀光了，只能是鬼吧。不管是人是鬼，秦始皇暴虐统治的日子也到头了。

只能等鬼来啊！

死了还要斗

（2003. 1）

纪晓岚写的故事，总称《阅微草堂笔记》，二十四卷分作五集。有一集题名"如是我闻"，故事有名有姓有时间有地点，简直"无一字无来历"。

可是，又有一集题名"姑妄听之"，意思是要读者不必当真。那么，在作者心中，亦未必一天到晚鬼影幢幢，下笔时想到的恐怕还是活着的人吧。

还有一集名"槐西杂志"，卷二中有如下一则：

山东人曾英华说，一个秋天的晚上，月色大明，他和几个朋友到田野间散步。忽然从东南方刮起一阵旋风，烟尘滚滚中，只见十来个鬼扭打着一路吵来，闹得不可开交。

他想弄明白鬼们在吵什么，可是鬼话连篇，不甚了了，只勉强听懂了几句，好像是在争论什么宇宙观世界观和路线问题。唉！难道斗争了一世还没斗够，死后变成了鬼还要继续斗下去吗？

曾英华碰见的鬼，他们在争论的问题，原文为“朱陆异同”，亦即是朱熹和陆九渊两派之间的斗争。一派说“天地之间有理有气”，而理在气先，所以要“去人欲，存天理”；一派却说“宇宙便是吾心，吾心便是宇宙”，强调“明本心，致良知”。争来争去，变成了党同伐异的宗派斗争。滚滚旋风中互相扭打的鬼魂大有鲁迅精神，死了还“一个都不宽恕”，若转世为人，大约不是“梁效”也是“石一歌”了。

中国文人的劣根性之一是喜欢窝里斗。他们“横眉冷对”的，并不是在世的秦皇汉武雍正乾隆，而是打也打得骂也骂得，对自己毫无危险的无拳无勇的同类。在滚滚烟尘中争朱陆异同，和报刊上无休止的互相揭短正是一样。甚至无须主者发踪指使，就能自觉地冲上前去扭住不放，正所谓“纠缠如毒蛇，执着如怨鬼”。而“喜剃人头者，人亦剃其头”，于是成了鬼还在互相拉着剃，此诚大可悲也。

庙里的老鼠

（2003.1）

在古代的贤人中，从事政治的，春秋时齐国的晏子算得上一个。

晏子名婴，字平仲，齐国夷维（今高密）人，三世（灵公、庄公、景公）为齐上卿。后人有《晏子春秋》，记录他的言行事迹。下边这个故事，便是从《晏子春秋》卷三中译述的：

有一次，齐景公问晏子："治理国家，怕的是什么祸害？"

"怕神庙里的老鼠。"

"这是怎么说？"景公又问。

"神庙是用木材修建的，再加上粉刷。老鼠看准了这个地方，便在里面经营巢穴。点火扇风用烟来熏吧，怕木头烧着引起火灾；引水来灌吧，又怕浸坏了板壁上的涂饰。所以，神庙里的老鼠，是消灭不了的。"晏子说。

"主公身边的亲信，也像是神庙里的老鼠。他们伪诈欺瞒，巧取强夺，干尽了坏事，和老鼠一样该消灭。但是他们有主公这座神庙做靠山，也是消灭不了的啊！……”

接着，晏子还说到酒店里的猛狗，使酒无法销售，这次暂且不谈。

神庙里的老鼠，原文称“社鼠”。“社”本可译作“土地庙”，但当时“国之社”地位重要，远非后世乡间土地庙可比，所以写作“神庙”了。但不知从什么时候起，又给配上了一只“城狐”。洪迈《容斋四笔》卷二有云：

> 城狐不灌，社鼠不熏，谓其所栖穴者得所凭依，此古语也。故议论者率指人君左右近习为城狐社鼠。

城狐就是在城墙下面打洞的狐狸。刘向《说苑》则称之为“稷狐”（“稷”乃是与“社”并立的五谷之神的坛庙）。孟尝君之客曰：

> 狐者，人之所攻也；鼠者，人之所熏也。臣未尝见稷狐见攻，社鼠见熏也，何则，所托者然也。

意思都差不多，都把“人君左右近习”者视为狐鼠；又都说狐鼠为害尚不可怕，可怕的是它们“得所凭依”，人人奈何不得，只能干瞪眼。

“左右近习”，今称“身边工作人员”。据说如今的“身边工作人员”有严格的规章制度制约着，不得胡来。他们又是经过考察挑选的，本来不应该是坏人。“率指人君左右近习为城狐社鼠”，不分青红皂白，似乎也不全对。

但在当今大领导的身边工作人员中，也的确出了些城狐社鼠。不久前揭发的“河北第一贪”，原来不就是“河北第一秘”吗？如果不是“凭依”了省委第一书记，他能一步登天当上“正厅级”，贪污上千万吗？又能自己闯红灯被交警叫停时，还能吐交警一脸唾沫，叫其立即离岗吗？

当然，河北的这只大社鼠是被除掉了。但如果它“凭依”的土地庙没有被扳倒，老鼠夹子也是夹它不住的。

伤心最是李和儿

（2003.2）

陆游（放翁）《老学庵笔记》是我喜欢的宋人笔记作品。尽管谭嗣同曾批评，“放翁文士，多琐语，不足为著述”，但我并不是做学问的人，不一定只读正经的著述，反而觉得“多琐语”正是一种可读性。

《老学庵笔记》有一条写故都汴京（即开封）的炒栗子，便是一则文情并茂的短文：

> 李和儿的炒栗子，汴京内外都很出名，别家想尽法子也无法炒得他那样好。
>
> 后来金人入汴，逃难来到南方的人，再想吃李和儿家的炒栗，便不可能吃到了。
>
> 绍兴年间，陈钱二位大臣出使金国，到了燕京。忽然有两个人寻到他们住处，送来炒栗，给二位大臣各十包，随从人员也每人得到一包。
>
> “是李和儿家的呢。”此两人并未多言，只哽咽着说了这一句，便流着泪转身离去了。

六百年后，清代乾嘉时期两位以考证见长的学者赵翼和郝懿行，他们的读书笔记《陔馀丛考》和《晒书堂笔录》，都提到了这个故事。赵书云："今京师(北京)炒栗最佳"，应是"金破汴后流转于燕，仍以炒栗世其业"的李和儿家的遗法。郝书则详述北京炒栗的操作和用料，而对于放翁"虽著记而不能究言其详"表示惋惜。

赵、郝著述各有所长，但正如周作人所说，"与放翁原来的感情却不相接触"，因为"在炒栗中自有故宫禾黍之思，后之读者安于北朝与安于江左相同，便自然不能觉得了"。可见读笔记和读正经学术书一样，总得要用心，才能有所得。周氏《药味集·炒栗子》中有诗云：

> 燕山柳色太凄迷，话到家园一泪垂。
> 长向行人供炒栗，伤心最是李和儿。

虽是"偶食炒栗，记起放翁来"时所作，却"自有故宫禾黍之思"，令人低回不已。

人肉馄饨

（2003.3）

从隋朝至清朝，中央政府都只设吏、户、礼、兵、刑、工六部。开头部下各设四司(一司以本部之名为名)，一共二十四司，即：

吏部、司勋、司封、考功(简称吏勋封考)
户部、度支、金部、仓部(简称户度金仓)
礼部、祠部、主客、膳部(简称礼祠主膳)
兵部、职方、驾部、库部(简称兵职驾库)
刑部、都官、比部、司门(简称刑都比门)
工部、屯田、虞部、水部(简称工屯虞水)

《老学庵笔记》说，北宋时六部事务忙闲不均，京师官场中有一套四言句子形容道：

吏勋封考，笔头不倒(文牍甚多)
户度金仓，日夜穷忙(公务浩繁)

礼祠主膳，不识判砚（业务闲荒）

兵职驾库，典了袯裤（油水甚少）

刑都比门，总是冤魂（多办错案）

工屯虞水，白日见鬼（无人上门）

这是太平时候的情形。及至金兵南侵，北宋变成了南宋，吏部要补发证件重建档案，户部要筹措兵饷支前劳军，事情多油水也多；于是这两个部的机关加速腐化，官员都拼命捞钱，连小吏都成了富家翁。乱世刑事犯罪多了，刑部官员从犯人身上榨油，也富了起来。礼兵工这三个清水衙门里的人见了眼红，于是发牢骚讲怪话，把四言句子改成了：

吏勋封考，三婆两嫂（姬妾众多）

户度金仓，细酒肥羊（大吃大喝）

礼祠主膳，淡吃齑面（无人宴请）

兵职驾库，咬姜呷醋（生活清苦）

刑都比门，人肉馄饨（敲骨吸髓）

工屯虞水，生身饿鬼（垂涎欲滴）

这说的都是宋朝的事。后来官员收入平衡增长，咬姜呷醋、淡吃齑面的不会再有了，细酒肥羊应已成为日常生活，三婆两嫂则不太好公开。至于人肉馄饨，剁起馅子来既费事，味道也实在太腥，那就一定没人要吃了。

珍珠娘

（2003.4）

明清以至民国时人的笔记，常有写到“画舫”也就是“花船”的，这乃是一种带“色”的游船。《扬州画舫录》即以此为名，卷九《珍珠娘》一则，述诗人黄仲则和歌妓珍珠娘的交情，有点意思，今译抄如下：

珍珠娘本姓朱，十二岁便唱红，成了著名乐工吴家的养女，在秦淮河的“花船”上接客。

陪酒鬻歌的生活，摧毁了珍珠娘的健康。她很早就染上了肺病，却仍须竭力应酬。每天梳头时，见自己的青丝如霜叶经风，纷纷下落，她总忍不住伤心落泪。

诗人黄仲则比珍珠娘小好几岁，却很喜欢她，常常守在镜台旁看她梳头，陪着流泪。仲则常和友人说起珍珠娘，说起女人卖笑的苦楚，和男人卖文一样，都得屈己从人。说到伤心处，仲则也忍不住流起泪来。

珍珠娘三十八岁就死了。她死了以后，仲则便离开了扬州，远走山西绛州，后来客死在那里，死时也才三十八岁。

我最早知道黄仲则，是在读初二时看郁达夫的《采石矶》，当时便喜欢上了这个“枉抛心力”的诗人，却不知道他为比他年长又生肺病的珍珠娘流过眼泪。

据说近来“花船”又复兴了，陆地上的欢场则更多，类似珍珠娘的女人料想不会少，但黄仲则呢？

我仍喜欢黄仲则。我当然不敢说，他和珍珠娘的关系，就不是嫖客和妓女的关系，但至少不会全只是性吧。能为生病的风尘女子伤心落泪，其中自有一份真情，也许还有“同是天涯沦落人”之感，这都是十分难得的。

附带说明一点，事实上黄仲则死时三十四岁。那么坐在妆台旁看珍珠娘梳头时的他，还只是二十出头的翩翩少年。

拔头发的故事

（2003.4）

一夫多妻是旧时才有的事，明冯梦龙《古今谭概》引宋范正敏《遁斋闲览》述一多妻老人两边讨好自己吃苦头的故事，照抄如下：

有郎官老而多妾，须白，令妻妾共镊之。妾欲其少，去其白者。妻忌之，又去其黑者。未几，颐颔遂空。

记得《伊索寓言》中好像也有个和这差不多的故事，我有周作人一九六三年题赠的译本，一查果然，亦照抄如下：

一个（头发）斑白的男子有两个情人，一个还年青，一个年老了。那个年长的女人有比她年青的男人来往，觉得不好意思，每在他来找她的时候，用心拔去他的黑头发。那年青的又想隐藏她有一个老情人的事，拔去他的那些白的。这样地他轮流地被两边拔着，终于变成了秃头了。

伊索的时代，比孔夫子还古老。《伊索寓言》之入中国，最早的本子是法国传教士金尼阁（Nicolas Trigault)译述并于一六二五年在西安刻印的《况义》，也在《遁斋闲览》三四百年之后。可见范正敏并未“言必称希腊”抄伊索，这一条乃是他的独创；而人性的弱点，古今中外亦正多相同，不过一个说头发一个说胡须，小小区别而已。

在真实的历史上，也有大人物老来好色，堕落到任由婢妾摆布，被拔成光头还欣欣然，直至寿终正寝仍不自知老丑的，譬如齐桓公。此教训太大，短文无法谈。这里只引申一点：想两边讨好是很不容易的，无论是对女人还是对别的事情。老诗人大写《五七干校颂》，再来讲自己在“文革”中遭罪，便不免为识者所讥。斯大林同日本订互不侵犯条约承认满洲国，又想中国将其看成“以平等待我之民族”，事实上亦未能做到。

县尉下乡

（2003. 4）

中央三令五申，要整顿农村干部作风，严禁侵犯农民群众利益，据说已经收到了很好的效果。其实，在历史上，县以下官吏鱼肉乡民，作威作福，乃是源远流长的事情，其来久矣。宋人周遵道《豹隐纪谈》云：

> 自来县尉下乡扰人，虽监司郡守，亦不能禁止，迩来尤甚。京口旅邸中，有戏效古风雅之体，作《鸡鸣》诗曰（《鸡鸣》，刺县尉下乡也）：
>
> 鸡鸣喈喈，鸭鸣呷呷。县尉下乡，有献则纳。
> 鸡鸣于埘，鸭鸣于池。县尉下乡，靡有孑遗。
> 鸡既烹矣，鸭既羹矣。锣鼓鸣矣，县尉行矣。
> 《鸡鸣》三章，章四句。

这一则笔记连同“《鸡鸣》三章”似可意译为：

> 派下乡去执行各种任务的干部，从来没有不捞百姓油

水的；省里市里无论如何三令五申，也是禁止不住的，而且越来越厉害了。在镇江渡口某个招待所的墙壁上，有人仿照《诗经》的格式，写了一首刻画干部下乡丑态的讽刺诗，共分三节，每节四句：

鸡儿喔喔啼，鸭儿呷呷叫。干部下了乡，什么他都要。

鸡儿本在笼，鸭儿本在塘。干部要开餐，通通熬了汤。

鸡翅膀啃了，鸭骨头扔了。汽车一溜烟，干部回城了。

仍然译得既不信又不雅，没有法子。

当然这是落后的小农经济时干部吃派饭时的情形，若是经过计划经济进入了市场经济，乡村都有了“财政”，除了“扶贫”或者玩“农家乐”，恐怕便不会有谁再到农民家去开餐，去了也只会要几样新鲜蔬菜好减肥吧。

截你娘的头

（2003.5）

著述也有因人而重的，比如司马光所作的一部笔记《涑水纪闻》。该书当时并未刊行，后来秦桧以“私史害正道”为名，迫令司马光的曾孙司马伋交出原稿销毁，今所存者只是一部分，但仍有重要史料价值。它曾经记载：

宋太祖开国之初，营建宫室。管理材料的官员，认为各地运来的竹木长短不齐，不便管理，建议将其裁截整齐。太祖见后，便在条陈上批道：

“你的手指和脚趾，难道不是长短不齐的吗？为什么不截成一样长呢？还是长的让它长，短的让它短吧。”

赵匡胤毕竟是“检点作天子”，并非读书人，有其粗豪可爱处。这一条别的宋人笔记里也有记载，不过批语还多了两句骂人的话：

截你爷的头，截你娘的头。

司马光说他有亲戚亲眼见到过这道批示，却没有这两句，可能是为尊者讳，将最精彩处刊落了，故我宁愿仍将这两句恢复也。

不管赵匡胤骂了爷娘还是没骂，他批驳那位官员，总是一点也不错的。

天地间一切事物，本来各不相同，千差万别，其不整齐乃是自然，整齐只能是人工裁截的结果。如果出于便于管理的目的，将竹木截成一样长，不仅多费了人力，也使长的变成了短的，需要用长的时只有短的了。出此馊主意的官儿(能直接向皇帝上条陈，至少也是副部级吧)真是天生的蠢才，就是真骂了他爹娘，我对赵匡胤亦无恶感。

在人类文明史上，不承认不允许多样化，强调一律，迫使清一色的情形，真是很多。中世纪欧洲审判异教徒，雍正乾隆时大兴文字狱，都是容不得“不一样”的例子。尤其是提倡“螺丝钉精神”，螺丝钉的特点就是个个都一样，绝无不一样的地方。人如果都成了螺丝钉，管理和使用起来当然方便，人活着就没意思，更不会有司马光了。

只可惜司马光笔下那位官员没能赶上“人民公社大跃进”的时代，那他一定不会再挨骂了，说不定还会成为管理模范呢。

白居易的女奴

（2003. 5）

《容斋随笔》在宋人笔记中，是很有名的一部。刘叶秋将它和《梦溪笔谈》《困学纪闻》列为“考据辨证类”中价值高作用大的三种笔记之一，而特别许可其“于当代故事，详加辨析，确切有据”。据说毛泽东晚年常将此书置于床头，不时翻阅，并作了不少批注。不久前影印出版的大字本，不知道是不是特制的“主席书”，价格太昂，未能购藏，我书架上的一部，不过是极普通的排印本罢了。

在卷一里有一条《乐天侍儿》，是专讲白居易所蓄女奴的：

> 专门为白居易服务的女奴，樊素和小蛮俩，因为有“樱桃樊素口，杨柳小蛮腰”两句诗，是人所共知的了。
>
> 但诗人在《小庭亦有月》那首诗中还有四句：“菱角执笙簧，谷儿抹琵琶；红绡信手舞，紫绡随意歌。”自注云：“菱、谷、紫、红，皆小臧获名。”
>
> 臧获即是奴婢。从字面看，菱角和谷儿或是男童仆；这红绡和紫绡，也是为白氏服务的女奴。

几年前我写过一篇《忆妓与忆民》，也是讲这件事的。前人评白氏诗，谓其“忆妓多于忆民”，我查过白氏全部诗作二千八百一十二首，证明所言不虚，才写了这一篇。文中说：

> 一九一九年直到一九四九年以前，中国男人狎妓纳妾，既不触犯法律，也不触犯道德。作古正经如贾政，于王夫人之外，还有一个周姨娘，一个赵姨娘。……赠校书、悼亡姬都是中国爱情诗的正宗，杜十娘、李香君、小凤仙则是中国爱情戏的主角，香山居士又岂足深责。……白乐天自不妨其为伟大诗人，但也要看到伟大的亦有不伟大的一面。硬要把七八十岁老人御女说成是工作需要，说樊素、小蛮……都沾上了伟大的光，硬要请她们来担当什么戏的主角、什么公司的董事长，就更可以不必了。

文章引起了几位只读过或者只愿读《卖炭翁》，不愿白居易头上“人民诗人”桂冠染上半点灰尘的人的忿怒，写文批评。我对于一切批评向来是听之任之的，今读《乐天侍儿》，才忍不住再讲几句。其实白氏家蓄的女奴还不止樊、小、红、紫四个，外面狎过的妓，包括女道士、女沙弥等则更多。他还有一首《失婢》诗，后四句云：“笼鸟无常主，风花不恋枝。今宵在何处，唯有月明知。”一望而知此婢绝不只是一般的服务员和秘书。即樊素小蛮，从诗中亦可知她们的口和腰是白居易特别赏识的。唯不知大字批本《容斋随笔》这一条有无批注，在这些地方又是怎样批的。

沐浴佩玉

（2003.6）

余生也晚，未曾“读经”，只在坐牢时看过一点，觉得十三经中顶难看的是“三礼”。但《礼记·檀弓》中却有不少好文章，如下面这篇曾被誉为一连用了四个“沐浴佩玉”而读者并不觉得累赘的《沐浴佩玉》：

卫国的贵族石骀仲死了，没有正室夫人生的嫡子，只有姬妾们生的六个庶子。由谁来继承爵位呢？只能拿乌龟壳来占卜，看谁占得的“兆头”最好。

当时普遍认为，占卜要得好兆头，参加的人一定得“沐浴佩玉”，就是要先洗头洗澡，佩戴上玉制的饰物，表示对神灵的尊重。

于是，六个庶子中有五个，都忙着沐浴佩玉。只有石祁子不干，说，“哪有父亲刚死，在服丧期间沐浴佩玉的呀”，便不沐浴佩玉去参加占卜。

结果，就是这个不沐浴佩玉的石祁子，占得了最好的兆头。

卫国的人，都说这次占卜占得准，乌龟壳真的有灵验，给石家选出了一个好的接班人。

众庶夺嫡，在一夫多妻而又子承父业的朝代是常有之事；即使不在那个朝代，抢着接班亦在所难免。用“沐浴佩玉”梳妆打扮的方法来竞争，在专制政治史上，算是顶顶文明的了。

电视剧中大肆吹捧的雍正爷（四阿哥），也是一个庶子。康熙的三十五个儿子中，只有二阿哥胤礽是嫡子，曾被立为太子，却又被废掉了。没有了太子，康熙一死，众庶夺嫡，雍正将主要竞争对手八阿哥九阿哥改名猪狗（阿其那、塞思黑），圈禁高墙，使之暴卒（当然是毒死的）。唐朝的李世民更性急，伏兵玄武门，将已立为太子的哥哥，还有和自己一样封了王的弟弟，一刀一个。现代的斯大林，将列宁遗嘱里提到的季诺维也夫、加米涅夫、布哈林等人，也以“帝国主义间谍”的罪名，统统判了死刑；远走墨西哥的托洛茨基也难逃一死，被冰镐打碎了天灵盖。比起“沐浴佩玉”来，都要野蛮得多。

在阿哥、主子们相争的时候，被统治的臣民们，只有随他哪一个来坐龙庭，都跪地磕头高呼万岁，才是苟全之道；万不可听了某一人某一房的吆喝，就去替他当打手。因为只有主子才是主子，打手终究是奴才，即使高级奴才如雅戈达、叶若夫、周兴、来俊臣，最终也逃不出兽尽狗烹的结局。何如冷眼旁观，将自己想象为古罗马斗兽场边的看客，享受一点感官刺激。万一主子们玩腻了血腥游戏，又改用沐浴佩玉的方式来竞争，等于看男模特选美，那就更有眼福了。

伟大的戏子

（2003.6）

中国古代行人治，执政者是好人大家便享福，是恶人大家便遭祸。皇帝贵为天子，所谓“天与人归”，天与(给)谁便是谁，人民是无权选择的。皇帝之下的宰相，如果好当然好，如果也作恶多端，老百姓往往就会祷求君王圣明，乾纲独断，早点把他换掉。宋宁宗时的奸相韩侂胄，便是这样一个例子，张仲文《白獭髓》述云：

> 南宋嘉泰末年，韩侂胄自恃拥立宁宗有功，专权擅政，封了平原郡王以后，更是独断专行，连皇帝也不放在眼中。
>
> 宁宗皇帝住在皇宫里面，国家大事却一点也不由皇宫里面的皇帝作主。满朝文武以及关心时政的人，无不觉得这样很不正常，却都敢怒而不敢言。
>
> 某次宫中举行宴会，有各种表演。一个演丑角的戏子王公瑾，见文武百官都到齐了，便利用拿出一把雨伞来表演的机会，故意面向台下，大声插科打诨道：

"今天这把伞，是不油(由)里面的啊!"大家听了，都会心地笑了起来。

韩侂胄和宋宁宗的事情，看《白獭髓》便可以了。我最感兴趣的，倒是这个叫王公瑾的戏子，鼻子上搽了一块白粉，便敢当着皇帝和权臣的面，把"(国政)不由(油)里面"的弊病揭露出来，也不怕犯错误。当然砍脑袋倒不至于，因为他是丑角，是戏子，在戏台上是可以"放快"的。打屁股则往往难免，甚至也有被打死的，如嘲笑"李二先生是汉奸"的杨三，那就确确实实付出生命的代价了。

戏子做戏时，以滑稽的方式对政治时事进行嘲谑，无论其用意是取悦观众还是讽谏君王，都是很有意思也很有价值的事情，也是尽心演艺的表现。中国古时似有此传统，暗黑而沉重的气氛中偶尔爆发出尖锐的笑声，可以使人们不致窒息，正是绝大的好事。若太史公《滑稽列传》所写的优孟、优旃，居然敢在楚庄王、秦始皇面前开玩笑，而且绝对不是哗众取宠，而是相当厉害的讽刺，此则难乎其难，即称之为伟大的戏子亦无不可，王公瑾庶几近之，实在值得尊敬。

如今唱戏的都成了艺术家，有的居然戴上了"伟大"的帽子，却只见他们在歌颂，歌颂，无穷无尽没完没了地歌颂，歌颂"白帝托孤"，歌颂"大登殿"……欲求一小小角色如王公瑾者，盖绝不可得矣。

鹅鸭谏议

（2003.6）

孙中山倡“五权宪法”，有所谓“监察权”。过去的专制政府，也设谏议大夫，设监察御史，设都察院……各朝各代，总会出一个两个像包拯和海瑞这样的人物，成为舞台和茶馆说书的亮点。但虚有其名、尸位素餐者往往更多，甚至留下话柄，如宋人董弅《闲燕常谈》中的一则《鹅鸭谏议》：

> 南宋绍兴五年，夏天大旱，高宗皇帝下诏求雨，照例要做祈祷，并在若干天内禁止屠宰。谏议大夫赵霈便向皇上陈奏道：“从来禁屠，都只禁宰猪羊，不禁杀鹅鸭；为了更加显示陛下好生之德，建议一并予以禁止。”
>
> 消息传开，人们既好笑，又生气。中书舍人胡寅说：“谏院的职责是规谏君王的过失，指陈官员的失职；谏议大夫身为谏院长官，难道只注意杀不杀鹅鸭这类无关宏旨的事情？”接下去他还幽了一默：“据说金人又在大举南侵，他们带兵的统帅叫作龙虎大王；如今咱们大宋朝出了位鹅鸭谏议，两个称号倒是一副好对子了。”

文中提到的“龙虎大王”，确实是东北少数民族喜用的头衔，清朝原称后金，清太祖努尔哈赤开头也称“龙虎将军”。用“鹅鸭谏议”对“龙虎大王”则看得出是调侃，正如“天灵盖”之对“狼牙棒”。

调侃是调侃了，但转念替这位“鹅鸭谏议”想想，他也有不得已的苦衷啊！朝廷设谏院，任命谏官，说是要规谏君王，监察百僚，这又谈何容易呢？彭德怀学海瑞，不也学到吴家花园下象棋去了，“文革”中被活活斗死吗。于是跟着大家一同歌功颂德，复述背诵算了，万不得已要“提意见”时，也就只能讲讲鹅鸭该不该宰杀、卫生应由谁打扫之类的话题了。

张冠李戴

（2003.7）

张冠李戴，并不少见。井冈山会师图中的白马，本是朱德的坐骑，画成了林彪的。去安源的人，也本该是李立三呀！

《春在堂随笔》是俞平伯的曾祖父俞樾（曲园）的作品，他乃曾国藩门人，以“花落春犹在”句为曾激赏，“春在堂”之名即由此得来。卷二中有一则，说的也是个张冠李戴的故事：

> 净慈寺是西湖一处有名的寺院，寺前“百工池”，据寺里的和尚说，是南宋时济公和尚以法力开出来的。其实《西湖志》上面写得明明白白：历史上净慈寺曾多次发生火灾，北宋熙宁年间，有会风水的人说，须得挖一处水池才能消灾。当时的住持宝文和尚，为此组织了一次大规模的募捐，捐助者不下万人，才建成这处“百工池”。可见此池与南宋时的济公并无关系。说是济公，其实乃是宝文，张冠李戴了。

俞樾作的这次考证，澄清了和尚说的妄语。但到了净慈寺的游人千千万万，像俞曲园这样有知识，读过《西湖志》并且能记得的，恐怕不多。

济公本是在西湖灵隐寺出家的。因为有“灵迹”，出了名，尤其在杭州，许多事情便都归到他的名下，凭空制造出来假东西，比如从里头拉出大木头的那口井，等等，其实与他并不相干。“百工池”有宝文和尚募捐造成的池和《西湖志》在，也张冠李戴地归入他的名下了。

本来是张，说成是李，是出于“需要”。名人效应，经济利益，个人崇拜……皆是十分正当的理由，而最重要的当然是“政治”。本来是张，说不是张，也是出于“需要”。《开国大典》那幅画里的高岗，不是涂掉又画上，画上又涂掉吗。

子贡不云乎：“君子恶居下流，天下之恶皆归焉。”故君子要力争上游，得居上游，则天下之善皆归焉了。

作墓志

（2003.9）

陆游的《老学庵笔记》，《人民日报》图书馆藏有傅青主手批明刊本一部，为邓拓任社长时购得交公者，曾夤缘得见，拟影印出版未果，常怀遗憾。书中有意思的记载颇多，文字也好，如“晏尚书景初作一士大夫墓志以示朱希真”一则便是。

墓志是古时的东西，大约相当于今之悼词加纪念文章，却是刻石藏于墓中的。《笔记》中这一则大致可以节译如下：

……晏景初将墓志文写好以后，先拿了给朱希真看，请他提意见。朱看后说：“写得很好。不过有一处地方，我觉得最好能够加上几个字。”

晏问是哪一处，朱却不肯明说，再三追问后，才指着“有文集十卷”五个字道：“加在这下面呀。”

“你觉得应该加几个什么字呢？”

“不行于世四个字。”

晏想了一想，认为不错，于是在“有文集十卷”下面加上了“藏于家”三个字。

“藏于家”，这和“不行于世”都是同一个意思，都是说死者的“文集十卷”并未成书。

晏景初官至尚书，等于正部长，又是大作家晏殊、晏幾道的后人，名气是很大的。

有晏景初这样的大官大名人为其作墓志铭，死者的身份不问可知，当然既有权，又有钱，其文集岂不早该成书出版了吗？

但在宋代当时，著作如果“不行于世”，便只能“藏于家”，不像现在这样可以堆在宣传部办公室里，稿费照得，奖项照评；即使用自费出版的形式，亦有门生故吏来操办，一切公费报销。及其死也，更是同志们表达感情显示关系的大好机会，“纪念集”只怕比墓志文定稿还快，晏景初和朱希真们也不必如此推敲了。

妾妇之道

（2003. 9）

苏东坡也有不止一名侍女，最聪明漂亮的叫朝云。他又喜欢吃肥猪肉，留下了“浅着水，慢烧火”的烹制东坡肉的秘诀。喜吃肥猪肉的人，肚皮当然不会小，于是便流传下来这样一个故事，由费衮记载在苏东坡去世后八十一年成书的《梁溪漫志》里，说的是：

东坡先生某日下班回家，吃饱饭后，扪着大肚皮闲庭信步，想和陪在身边的侍女们聊聊，便问她们：“你们说，我这大肚皮里，满满装着的，都是一些什么东西啊？”

“满腹文章呀！”反应最快的一个侍女抢着这样回答。

苏东坡摇了摇头，表示他并不认可。另一个侍女记得先生平素说过，读书人要紧的是要有见识，以为表现的机会到了，又抢着回答道：“一肚皮见识。”

苏东坡又摇了摇头，仍然不认可。这时朝云不能不开口了，便不急不慢地说：“我看呀，您满肚子的全是牢骚。别人都在赶时髦，您却一点也不想学时新。整个一个不合时宜的人呀!”

听了朝云这番话，苏东坡才欣然点头，而且笑了，一直笑到双手捧着大肚子出粗气。

这个故事，过去总说它写的是苏东坡的落拓不羁。其实看侍女们如何揣摩主人的心理，如何回答使得苏东坡哈哈大笑，才更有意思。

妾妇之道，本在逢迎主人使其开心。但主人的层次有高低，要求各不相同。如不能投其所好，马屁就拍到马腿上去了。

层次最低的主人是贾琏、西门庆。他们的要求，一般不会涉及精神的、心理的领域，这不说也罢。

薛蟠的层次高于贾琏。他有创作(“一个蚊子哼哼哼”不是吗)，还懂画(画画的人不叫“庚黄”吗)，只要再努力出点名或出点钱，便可以进文联，进作协了。如果像第一位侍女那样恭维他“满腹文章”，我想他是不会不点头的。但苏东坡显然不是薛蟠。

宝钗的层次又高于薛蟠。不是有过那么几次，她都劝宝玉要见识世情，见识道理吗?如果像第二位侍女那样恭维她“一肚皮见识”，我想她也不会不点头的。但苏东坡也不是宝钗。

于是乎只有善解人意的朝云姑娘，才能使我们的东坡先生捧腹大笑了。

回过头来再说琏二爷。像他那样搔首弄姿，时刻不忘掏出小镜子来梳梳头发的主，那就不必对牛弹琴去恭维他满腹文章什么的，只要说他永远是年轻，他就会高兴得合不拢嘴了。

艺人的身价

（2003. 9）

中国历史上，演艺人员最吃得开的时期，除了当今，恐怕就要算残唐五代。《五代史》为“伶官”立传，便是当时演艺界政治社会地位的明证。

一九四九年后，生旦净丑的身价突然飙升，一时唯有土改时贫雇农可与相比；而昂昂乎与华罗庚、陈寅恪、梁思成辈同称高级知识分子，即李顺达、戎冠秀辈亦不能不稍逊一筹。

但就在五代之时，也有一个叫桑维翰的人，对皇上过于厚待演艺人员提出批评。他的《谏赐优伶无度疏》，大意是说：

> 不久前国家出兵抵抗契丹入侵，受重伤的战士，所得的优抚，一人不过几段布帛。现在供陛下娱乐的戏子，一句台词、一个笑话出了彩，当场奖赏给他们的，便有成捆的丝绸，数万的金钱，还有锦袍和银带。战士们见到差别如此之大，心中难道不会不平？如果军心涣散，民怨沸腾，契丹再打来时，又靠谁去为陛下保家卫国啊？

桑维翰也是个会弄钱的人，“家资亿万”，不像是害了红眼病，心理不平衡，才上这道奏疏。不管其人在后世的评价如何，他这番话总代表了“伶官”走红时的一种社会舆论，只要不坚持“舆论一律”，听一听也有好处。

旧社会把优伶的身份贬得太低确实不应该，虽然那时达官贵人捧戏子乃是事实，被捧的戏子为达官贵人提供各种服务亦是事实，这无须翻《品花宝鉴》，只要看《红楼梦》里的琪官便可知道。当然艺人也是人，人人生而平等，只要他们尊重自己，像柳湘莲那样不做“相公”，便没有理由不得到别人的尊重。在人家老美那里，同样是公民，同样可以竞选总统，竞选州长。问题是，把他们看成低人一等固然不对，硬要把他们的身价抬起来高人一等，说娱乐业为百业之首，登台表演的，不管他的文化高不高，品德高不高，通通都成了高级知识分子，就未免矫枉过正得过头了。

使人们娱乐，满足生理和心理的需要，也是为人民服务。只要服务得好，一次得成捆的丝绸、数万的金钱也是可以的，在这一点上我并不完全赞同桑维翰。但似乎不必给娱乐业的这个星那个星全都“冠切云之崔嵬”，于金钱之外再给以太多太高的荣誉。老实说，直接管理文化界、传播界的人，对于造成这种不正常的情况是有责任的。年龄都到了爷爷级，即使没有必要听桑维翰那套危言耸听的扫兴话，自家的心态和情志，总该超脱了追星族青春期，这种癖那种癖也该稍稍退了火，何苦老是发少年狂，发个没完没了呢？

潘鸿教子书

（2003. 10）

“百家”之名，出于《荀子》；“争鸣”一词，始见于唐；“百家争鸣”却到一百三十年前才出现，有个叫潘鸿的人在教子书中写道：

> 百家争鸣，或传或不传；而言之有故，持之成理者，屈指可尽。汉世诸子，《太玄》《法言》，实不在《孟》《荀》下。好学而深思之，当不河汉斯言。

这封教子书我是从俞樾《春在堂随笔》卷三中读到的，觉得他讲的大体不错，学术文化的发展本就是这个样子。只是他将“传”的标准定得太高，限于《孟子》《荀子》《太玄》《法言》，那么当然“屈指可尽”了。

其实两千多年以来，在绝大部分时间段里，文化学术都是在百家争鸣的自由状态中发展的。虽然自由的程度有的时候多，有的时候少一点，总只是多和少的问题，不是有和无的问题。只有在秦始皇、明洪武、清雍正这类暴君统治下，以思想文字定罪杀人才被定为国家的政策，那才是真正的黑暗时代。除此以外，即使在南北朝、五代、宋末、明末那样的乱世，读书人还是可以研究，可以创作。虽说，“独尊儒术”，孔圣人后裔亦未成为罗马教皇，没有宗教裁判，更没有一手拿经书一手拿刀剑，以“武化”来办“文化”，规定要写什么怎样写才能够发表。

读书人研究了，有所得，自然要宣讲，要发表，也就是要“鸣”。所得有不同，所见有歧异，又免不了要争论，即所谓“争鸣”。那时没有标准答案，言人人殊，不会是“一个声音”，也不会只是“两条路线”，热闹起来，便是“百家争鸣”。百家者，言其多，不是一家，也不是两家，两千馀年，难道“屈指可尽”吗？

如此说来，“百家争鸣”作为词语的历史虽短，作为文化现象的历史则已久长。不知怎的，一九五六年旧话重提，却使得瑟缩的读书人感觉到了早春天气，一个个都如涸鲋得水。这是为什么，难道连进过巴力门入过费边社的博士也成了佛经所说的洞里蛇，听到笛声便被催眠，身不由己地要出洞吗？还是两千多年向往“百家争鸣”精神自由的情结未能消除干净，仍在支配着他们的梦想啊？

做官与做好人

（2003.11）

读过《水浒传》的人，都知道蔡太师是宋朝的大奸臣。梁绍壬《两般秋雨盦随笔》中介绍了他说的几句话，倒是十分坦白和老实的：

> 北宋时候，吴伯举做苏州太守时，蔡京对他十分赏识。蔡京当宰相后，立刻推荐吴伯举入京任职，又一连三次提拔，使他担任了相当于中央政府副秘书长的高官。吴伯举却不能事事同蔡京保持一致，于是后来又被贬到扬州当地方官去了。
>
> 有人为吴伯举不平，向蔡京提意见。蔡京却说："既要做官，又要做好人；吴伯举他也不想一想，这两件事是能够兼顾的吗?"

蔡太师这句话，意思是说，既要做官，就别想再做好人。这说得有点吓人，所以《两般秋雨盦随笔》这一节原来题作"丧心语"，今译出来就是"昧良心的话"。

蔡京是制作黑名单迫害“异党”的老前辈，其昧良心盖是不争的事实，但这句话却是一句不加掩饰的老实话。因为在旧时代，做官与做好人，本来就是两码事。

那时候，做官不做官，做得什么官，做得好不好，完全是“上头”即长官即主子决定的。吴伯举要做官，只需伺候好蔡京就行。

要做好人，则须伺候“下头”即老百姓，这和伺候好“上头”通常是无法兼顾的，有时候甚至是完全互相排斥的。

要做官，本来完全只需要靠“上面”，完全用不着靠“下面”，用不着做好人讨百姓喜欢；而上面又正是蔡京这样丧心病狂的坏人，更只能紧跟着做坏事，自己也趁此多捞一把。

时移事易，现在当然和那时不同了，但仍不能完全排除坏人当上大官的可能。这些大官“嫡系”的中官小官，情形恐怕也只能如此，虽然口口声声大家都说做官是在“为人民服务”，你好我好，大家都好，都是大大的好人。

蔡京虽是奸臣，能够心直口快说句老实话，比又要做婊子又要立牌坊的人还是要强那么一点。

酒店关门我就走　（2003.11）

人为生物，凡生物皆当求生，绝不会求死，故贪生怕死乃人情之常。常人没有秦皇汉武那样的条件去求不死药，通常只希望慢一点老，少一点病，迟一点死。殊不知生物的生老病死，十之七八决定于种性遗传，十之二三才决定于生活方式，而最合理的生活方式便是顺其自然——勿倒行逆施以促其死，亦勿胡思乱想妄图长生。渊明诗云，“服食求神仙，多为药所误”。且不说希望过高失望更苦，就是早晨四五点钟起来到马路上去白跑也是苦也。

杨绛先生给我们介绍了兰德(W. S. Landor)的诗：

> 我双手烤着，生命之火取暖。
> 火萎了，我也准备走了。

说得多么平静，多么旷达啊！此即是顺其自然的生活态度。又如丘吉尔九十高龄时有人问他对死持什么态度，他回答得更是干脆：

酒店关门我就走。

真是警句，无怪乎他拿的诺贝尔奖是文学奖。

唐人赵璘的《因话录》中，也有一节写裴度（裴晋公）的，谓度不信术数，不求服食，每语人曰：

鸡猪鱼蒜，逢着则吃；生老病死，时至则行。

“时至则行”这句话，和丘吉尔、兰德的意思和情致都差不多；而裴度比他们早生一千多年，所以更加难得。

裴度为中唐第一名臣，曾率师平定吴元济叛乱。他和丘吉尔一样是打过大仗看透生死的人，深知生老病死喊来就来，唯一明智的态度只有“时至则行”。酒店要关门了，炉火要灭了，不起身也是不行的。所以还是顺其自然好，“鸡猪鱼蒜，逢着则吃”吧。

八哥鸟

（2003.12）

小学和初中的语文课本，都选了古代的寓言。有一些在我看来很好的寓言，却没有能够入选，比如明人庄元臣《叔苴子》中有这样一则：

> 南方的八哥鸟，捉来经过调教就会“讲话”。其实它只是在模仿人的声音，叫来叫去，都是一两声学来的现话。
>
> 有一次，庭前树上的蝉正在高歌。有只八哥听了，讥笑蝉发不出人的声音。蝉便说：“你学人的话虽然学得像，却完全不是你自己的声音；我所唱的，却是我自己的歌呀！”
>
> 这只八哥听到了蝉的话，觉得惭愧。从此以后，它就再不学着人讲话了。
>
> 如今照着别人的话说话，按着别人指示作文的这么多人，大约都是还不知道惭愧的八哥鸟投胎的吧。

庄元臣及其以后几百年的文坛，都是特别强调主旋律的，这主旋律便是朝廷规定的“八股”和程朱提倡的“理学”。马二先生说“文章总以理法为主……带辞赋气便有碍于圣贤口气”。高翰林说，好的文章“没有一句话是杜撰，字字都有来历的”。周学道训斥以“诗词歌赋都会”请求面试的童生道：“‘当今天子重文章，足下何须讲汉唐。’本道奉旨到此衡文……难道是来此同你谈杂学的吗?”都无非是要人泯灭个性，完全按先圣昔贤的调子说话，做一只八哥鸟。谁要不遵圣道，讲离经叛道的杂学，那就要打板子，被斥革，至少也会失去前程。正像马二先生所诘问的：“哪个给你官做?”朝廷的政策就是如此，文章为主流意识形态服务，亦从来如此也。

这正是适于八哥鸟生长繁殖的环境。舆论一律，旋律一致，齐唱得多带劲啊，可就是很少听到“自己的歌”，知惭愧的八哥鸟自然也就少了。

要到什么时候，庄元臣的寓言才会被选入教科书呢？要知道，如果不让学生们唱“自己的歌”，专门培育出一批又一批只会按着指挥棒打洋鼓吹洋号的应声虫，国家民族是不会有多大希望的，即使《朝三暮四》和《愚公移山》之类寓言读得再多。

第四辑

刘子明的话

（2004.2）

梁绍壬的《两般秋雨盦随笔》，在清人笔记中，是比较有阅读价值的一种，卷一有一节《刘子明语》，话虽不多，却是很少听到别人说过的，今译如下：

> 宋徽宗时，有位不肯出来做官的读书人刘子明（卞功），被赐号“高尚先生”。他在写给友人王子常的一封回信中，有几句话颇含深意：
>
> “人们以个人嗜好杀害自身，以家庭财势杀害子孙，以国家名义杀害国民，以政治理论杀害人类。”

个人嗜好往往会杀害自身，如狂嫖，滥赌，贪财，吸毒。家庭财势也往往会杀害子孙，如官二代富二代恣意妄为，以致犯下死罪。这些还是共知共见，大家都能够明白的。

至于说以国家名义杀害国民，以政治理论杀害人类，则需要了解秦皇、汉武、希特勒……统治的真相和本质，把奥斯维辛、“古拉格群岛”等等事实和马基雅维利、戈培尔……们的

“理论”统统揭穿，才能使大家明白。这就不是那么容易做到的了。

“高尚先生”的事迹不大清楚。能够得到“赐号”，说明他未必真是长沮、桀溺那样的隐士。从这几句话看得出，他虽然“隐居不仕”，对于世情和政治还是很有了解，并且也是十分关心的。

送花

（2004. 3）

古今中外，送花常是男女间表达情愫的一种方式。清代山阴(今绍兴)人朱熙芝(名荫培)《芸香阁尺一书》中有一封《答韵仙》，是写给一位送花给他的青楼女子的，周作人曾介绍过，称其“虽未免稍纤巧（因为是答校书的缘故吧），却也还不俗恶”。现特今译给大家看看。

天气真让人乏味。你送来这么多玫瑰，却使我这里立刻充满了色香和快乐。

花供养在书房里，花瓣却不能久驻枝头。我于是买来一坛好酒，将落花浸入酒中，不时啜上一小口；又将一些花瓣装入枕囊，让它伴随我入梦。

于是我和花永不分离了。

这看起来多么像一封情书。“校书”不过是一名妓女，却能以玫瑰花送人。从信文看，朱熙芝对她的态度，也迥异于今之嫖客，看不出猥亵和轻薄。

古时候的文人，没有和本阶级异性交往的自由，用情的对象只能求之于“浔阳江头”和“秦淮河上”；用张爱玲的话来说，便是“从长三堂子中去找”。辜鸿铭也说过：“中国人的狎妓，有如西洋人的恋爱；中国人的娶妇，则如西洋人的宿娼。”话虽然说得刻薄了一些，但用来形容旧中国的情形，也不能说完全不对；就是在今天，恐怕也还值得有的人深思。

各不相干

（2004. 3）

《春在堂随笔》卷三中有一则，是俞樾在用自己的口气，谈论一位老同学：

> 和我同榜的谢梦渔君，书读得很好，是道光三十年殿试第三名探花，可是当了二十多年京官，一直不得重用。
>
> 他曾对我说："学问是一回事，学位是一回事，官运是一回事，各不相干；有学问未必得学位，有学位未必能升官。"
>
> 我把他的话告诉了翰林前辈何绍基先生。何先生加上一句："有没有学问与能不能成名，也是各不相干的啊。"

一个人的学问、学位、官运和名望，此四者从来就不是完全相符、互相对应的。俗语云："一命二运三风水，四积阴功五读书。"说的就是，书读得好不好，与考试考得好不好，关系并不大，远不如八字生得好，能得贵人相助。

如此岂非不公平？其实也不要紧。搞学问的搞学问，想做官的去做官，各走各的道就是了。西谚云："上帝的归上帝，恺撒的归恺撒。"国人说："你走你的阳关道，我走我的独木桥。"都是这个意思。谢梦渔和俞曲园都是进士，都考得很好；结果俞享大名，谢却"郁郁不得志"。李鸿章也是俞的同门，可李位极人臣，俞却以学者终老。曾国藩曾对这两个得意门生开玩笑说过，"李少荃拼命做官，俞荫甫拼命著书"。李俞二人走的路不同，因为都能"拼命"，也都一样地实现了自我。

重要的是有运有命的人，不必有了面子又要里子。像如今这样，一戴上院士桂冠就什么都"终身享有"，文集全集一出再出，官位至少要安排个副省级，倒是古今罕见天下独一的。

军阀的温情

（2004. 3）

钱镠是五代十国时的吴越国王，是一个私盐贩子出身的大军阀。可是其夫人“归宁”(也许该叫“省亲”)后，他写去催她回来的一封信，却旖旎有致，充满了温情。

路边的野花已经开遍，你也可以慢慢收拾回来了吧！

原文则只有九个字：

陌上花开，可缓缓归矣。

看得出钱镠是很爱他的夫人的，渴望她回来团聚。第一句“陌上花开”，点明此际春光正好，提醒夫人不要辜负了芳时。明明心情迫切，第二句“可缓缓归矣”却欲擒故纵，含蓄委婉，完全出之以商量的口气，显出了一片好男人的温柔。

在家庭和两性关系中，女人所希冀的，莫过于男人能注意并尊重她的身心，“以所爱妇女的悦乐为悦乐而不耽于她们的供奉”(周作人译 Symons 氏论凯沙诺伐语)。而在古代东方，女人只是工具和器物，实在不大可能得到这样的待遇。如钱氏者，可谓难得。

后来苏东坡以《陌上花》为题，有句云：

遗民几度垂垂老，游女长歌缓缓归。

这封短信已经化为诗歌流传下来，这也就是对于钱大王的最大的奖赏了。

生离死别

（2004.4）

一连写了好几篇小文，都说古代中国男人倾诉爱情的对象大半是妓女，好像有点违背了“家丑不可外扬”的古训；其实从古书中看到，古时的读书人，也不乏看重夫妻感情，以平等和真挚的态度对待配偶的，现在便将东晋王献之《别郗氏妻》今译出来，算是将功折罪吧：

> 整天厮守在一起的欢乐时光，流逝得太快了。满怀要向你倾诉的话，总觉得还没说完。本以为可以白头偕老，日子还长，谁知竟被迫分离。如今我即将死去，不可能早晚再相见了，真是没有办法，没有办法啊！

都说人生最大之痛，是爱侣的生离死别。一千六百多年前死去的王献之给前妻的这封信，便写出了这种痛，写出了生离死别的悲哀。

王献之是王羲之的第七个儿子，他和父亲一样以书法出名，世称“二王”，其《中秋帖》与王羲之《快雪时晴帖》、王珣

《伯远帖》被誉为“三希”，为传世之宝。他初婚郗氏。后来皇帝要将公主下嫁给他，遂被迫离婚，这也是政治强行干涉婚姻，造成夫妇分离人伦变异之一例。

献之只活了四十二岁，和公主没有生育。临死时，按道教规矩，家人为他章奏“上天”，忏悔一生过错，问他要忏悔些什么，他只说了一句：

> 不觉馀事，惟忆与郗家离婚。

并且写下了《别郗氏妻》这封信。弱小而又坚强、易于打压而又消灭不了的人性人情，终于傲对王权，留下了永存不朽的这篇文字。

大家风范

（2004.4）

明周亮工《尺牍新钞》全书作者二百三十七人，女子只占二人，其中周庚（明瑛）写给丈夫陈承纩（侠公）的这一封信，我很喜欢，今译如下：

> 住城里不如住郊区，住郊区又不如住山上。你愿意搬到西山去小住，当然很好。但山居不免寂寞，请自己多多保重。

普天之下的妻子，我想不会有一个乐意丈夫搬到外面去住的。明瑛夫人此信，可算是稀有的例外。从信的词句，看得出这是一对互相体贴的夫妻，又是两个彼此理解，能够平等进行交流的朋友，而且是以文字进行交流。在中国古代婚姻史上，此最难得。

古时夫妻间的文字交流，最早的当然是徐淑和秦嘉，可惜知名度不高。《乐府诗集》中的那些，恐怕都是后世男人们的拟作。卓文君和司马相如开头浪漫，最后却只留下一首悲悲切切求男人“白头不相离”的哀歌。王献之《别郗氏妻》动了真情，郗氏却不见答复，也不知她能不能文。李清照和赵明诚，如《金石录后序》所叙，实可谓空前佳偶，除了诗词，夫妇间也一定会有书信往来，却未能传之后世。这封信真要算是凤毛麟角，不仅梁红玉那样的“京口娼”死也写不出来，就是学小生学到了家的柳如是辈，身份和气度也差得远。如周明瑛者，才是真正的大家风范。

无忧洞

（2004.4）

如果有人要写黑社会史，我建议他到历代笔记小说中去找材料。陆游《老学庵笔记》有一则，写北宋汴京城里的犯罪分子，以下水道为根据地，乃是真正的地下黑社会。他说是：

> 汴京城中的下水道，又宽又高。许多作奸犯科的人，为了逃避法律和政府的制裁，长年便在下水道里面过活，自称住进了“无忧洞”。
>
> 汴京最有名的大酒店樊楼，色情服务盛行，有钱有势者常去作乐。在下水道中的罪犯，也将女人带到了下水道里面进行淫乐，说是在逛“鬼樊楼”。
>
> 从宋朝开国时起，直到金兵打来，情形一直如此。再能干的地方官，也没法将黑暗的地下完全管住。

汴京即今之开封。上千年前，那里的下水道即有如此大的规模，很值得研究城市史和市政工程史的人注意。

更值得注意的则是汴京黑社会的历史。出现在下水道里的

“无忧洞”和“鬼樊楼”，岂不是货真价实的地下黑社会的标志吗？陆游说这些现象“虽才尹不能绝也”。公正廉明的包公当过开封府尹，正是“才尹”之一。连包公都消灭不了黑社会，更何况一班庸碌颟顸、贪污受贿的府尹和府吏。只求“无忧洞”不升格成为光天化日下的“无忧宫”，地方官不跟黑道大哥携手同上“鬼樊楼”，就算是好世道了。

桥南旧事

（2004.4）

我读前人笔记，最关心的不是文人佚事，诗词佳话，而是正史中少见的社会史（人民生活史）资料。清人崇彝的《道咸以来朝野杂记》中，亦颇有可取者，比如它写道：

> 在京城虎坊桥南边，有一座“江南城隍庙”。庙南是一片贫民乱葬的洼地，唤作“南下洼”。此处十分冷落，庙里的戏台多年没演过戏。
>
> 每年清明时节，乱葬处有人来上坟，这座江南城隍庙才开放。上坟的人以妓女居多，都换上了白衣裳，来祭扫死去的妓女，也是物伤其类的意思。有人在坟前哭得很久，很伤心。其实坟中之人，或已死去几十年，甚至上百年，大半和哭者从来没有见过面。

旧时妓女，以江南籍（苏杭维扬等处）者为多。北京城中这座“江南城隍庙”，看来与此不无关系。

研究中国社会史、城市史，实不能不注意娼妓生活史。

《道咸以来朝野杂记》中这类资料，实在很有价值。去“南下洼”上坟哭泣的妓女，与坟中人并不相识，所哭者只是和自己同样飘零无依的同类。“哭得很久，很伤心”，因为这不只是在哭几十年、上百年前死去的妓女，也是在哭如今还在做妓女的她们自己。

那时的妓女都是弱者，生前哀乐由人，死后只能葬在“南下洼”，故能引起同情。如今做妓女则是致富的手段，有些“高级的”还俨然进入“上层社会”，听说在湖北还有做到了市新闻出版局长的。像上面这样的桥南旧事，恐怕是不会再有的了。

崇文门收税

（2004. 4）

新中国成立初期，民谚有“国民党税多，共产党会多”一说，我也认同。如今共产党的会未见减少，税却也多起来了。我忝列“离休”，养老金虽蒙恩免税，稿费仍须缴纳百分之二十。史弱翁《旧京遗事》记清朝崇文门收税的情形，因此也引起了我的注意。说的是：

> 北京所有的城门都收税，税务则归崇文门统管。明末全城一年税额九万多两白银，清朝加到十万多两，仍是照老规矩加上来的。
>
> 每个城门口，收税均设有专人。男人进城，凡是有毛驴驮带东西的，都得交一份税。车辆则按行囊包裹多少，分别计算税额。
>
> 农民挑菜担子进城卖，照例也要在鬓发上插两枚铜钱，由收税人伸手摘取，省得放下担子交税钱，彼此都可以省下一点工夫。

看旧小说，说外官进京，携带的行李也要交税，觉得不可思议。原来收税时只看畜驮车载“囊袱”多少件，并不打开来检查里面装的是货物还是行李，比进出海关似乎还简便些。

农民进城卖菜，每人每次亦须纳税二文，似乎太苛。但此项在税收中所占份额应该不会太多，而北京城一年统共只收十万多两银子，平均一天二百七十多两，整体上的税收又实在是非常之轻的。难道说税吏们收得的银钱，一大半都没进国库，而进了自己的腰包吗？史料中说，崇文门监督为“京官中最肥之缺”，是不是这个缘故呢？

贵旗免问

（2004. 5）

随着房产政策放开，房产市场形成，有两套以上房屋的人多了起来。还记得五十年前，“对资改造”后接着搞“私房改造”，那时兴起过一个很不光彩的称呼“吃瓦片”，似乎比资本家还“难听”些，差不多就赶上乡下的地主老财了。

最近看枝巢子(夏仁虎)的《旧京琐记》，才知道这个称呼倒并不是解放后的新发明，卷一“俗尚”中有这样一条：

> 京人买房宅取租以为食者，谓之“吃瓦片”。……向日租房招帖，必附其下曰：“贵旗、贵教、贵天津免问。”盖当时津人在京者，犹不若近时之高尚。而旗籍、回教，则人多有畏之者。

可见在清朝时，北京城里早就有了“吃瓦片”的。这些人还可以像现在散发“谢绝中介”的传单一样，到处贴出招租的小广告，正常地合法地经营自己的产业。

在这里我最感兴趣的是，“贵旗、贵教、贵天津免问”

这一句。

房子不愿租给天津人，据枝巢子说，原因是早期来北京谋生的天津人，从事的职业和社会地位，都“不若近时之高尚”。这看得出对“卫嘴子”的一种歧视，但也说明当时需要租房的人多，而出租的房源少，才敢于这样挑剔。当然这种地域歧视总是不对的，“贵教免问”的宗教歧视就更不对了。

而“贵旗免问”所指的“旗”，却是“八旗”，此乃大清朝的统治阶级。当然宗室觉罗、贝勒贝子等都有赐第，不会到民间租房子；最下级的旗丁亦有“铁杆庄稼”一分钱粮，房租总是付得起的。为什么“吃瓦片”的也要请他们免问呢？恐怕是内心有“畏”，也就是出于害怕吧。

平头百姓不敢和带特权色彩的大爷们打交道，看来历朝历代都是如此。要说这也是一种歧视，反常的是被歧视者乃是政治上占强势的“领导阶层”。歧视者本来居于弱势，因为有几间房“瓦片”可吃，在社会上也就可以说说话，恭恭敬敬地叫一声“贵旗免问”。

辛亥前宣传民族革命，大讲“扬州十日”“嘉定三屠”的亡国之痛。那时扬州嘉定等地的八旗兵弁，应该不会有谁胆敢请其“免问”。但经过若干年互相妥协融合交流，慢慢也就能够“和平共处”了。历史的变化，于细微末节处看来，有时不仅饶有趣味，也很可发人深思。

城门的名字

（2004. 6）

古人迷信，认为出大事总会有“兆头”。夏仁虎《旧京琐记》云，北京城门取名字也看得出改朝换代的“兆头”：

> 明朝末年，一度将北京西边一座城门改称“顺治门”，南边一座城门改称“永昌门”。没多久闯王进京，崇祯吊死煤山，李自成称了帝，年号便叫“永昌”。随后清兵入关赶走李自成，多尔衮保福临登上了北京金銮殿，纪元便叫“顺治”。改城门所改的两个名字，正好都用上了。
>
> 紫禁城东有东华门，西有西华门。中华民国成立后，将中间的午门改称“中华门”，好像预先就安排好了似的，兆头真是准啊。

夏仁虎（枝巢子）虽是南京人，却久居北京，熟悉京城掌故。他知道北京的城墙和城门，都是明朝修建的。永乐十九年建成内城，设九座城门，有所谓“九门提督”；嘉靖二十三年又建成南边的外城，设七座城门。城门的名称，在明朝有过改动，入清后倒是没有再改，一直沿用下来了。

崇祯改称“永昌门”，李自成便建号“永昌”；改称“顺治门”，爱新觉罗家便建号“顺治”，确实是巧合。谶纬迷信，我们当然不信。如果说，“永昌”“顺治”都是好字眼，写在城门上万众瞩目，更加深入人心，因此便成新朝建元的首选，倒是一种合情合理的推测，未必冥冥中真有前定。

在读《旧京琐记》的同时，我又看了《日下旧闻考》，卷二十九补辑《春明梦馀录》云：

> 辽之正殿曰“洪武”，元之正殿曰“大明”，是后之国号年号，已见于此，谁谓非定数也。

朱昆田原按：“辽以‘大安’名殿，而金以之纪年，亦兆之先见者。”

看来历史上巧合的事还真不少。

官二代

（2004.6）

“官二代”又当官，古来即是如此。第二代的官不及第一代好，也是常有之事。老夫人能够用老太爷的事迹教训少老爷的，则有《国老谈苑》中一例，今译如下：

> 曹璨为北宋开国功臣曹彬之子，后来自己也做了大官，那时其父早已去世，但其母还在。
>
> 老夫人有天走进家中的库房，见到一大堆的钱，总数有好几千贯。她便将曹璨叫来，指着钱教训儿子道：“你父亲官做到太师兼侍中，封国公，为元帅，却从来没有在自己家里存过钱。看起来，你这个做儿子的，比父亲差远了。”

《国老谈苑》多记北宋“国老”事迹。曹家三代都为重臣，都够得上称“国老”，但个人品德仍有高下不同。

曹彬一生谦恭谨慎，坚持操守。宋初灭后蜀，下南唐，并北汉，他都是主将。打了胜仗，部下将官多收子女玉帛，他则一毫不取，行李“唯图书衣衾而已”。

曹璨却不能同他老子一样廉洁。虽然比起家藏万贯的大贪官来，几千贯并不算太多。

都说高干子弟没吃过苦，大手大脚惯了，所以需要多存点钱。但曹彬也是高干子弟，他父亲曹芸在前朝为成德军节度使，一方藩镇，已是事实上的诸侯了，曹彬却能一生清廉。可见高干子弟也有不贪的，其夫人看来起了好的作用。

后来曹璨的政声也不算太坏，这恐怕多亏了老娘的批评监督，更重要的则是曹彬的榜样的力量。

家庭教育的重要，看来不只是对儿童，对于“官二代”也是十分重要，甚至是更为重要的。

一蟹不如一蟹

（2004.6）

“一蟹不如一蟹”，作为成语，沿用至今，其起源也是《国老谈苑》中的一则故事，今译如下：

> 陶榖在宋朝任翰林学士，奉宋祖命前往吴越。吴越国王钱俶设宴款待，水陆珍错杂陈。陶榖没见过梭子蟹，问是什么东西。钱俶便让陈列出各种蟹类，从最大的梭子蟹到最小的招潮蟹，一共摆出了十多种。陶榖见后，笑着对钱俶说道：“爷爷这么大，孙子这么小，真是一代（蟹）不如一代（蟹）啊！”

五代十国，最后统一于宋。吴越不敢与宋争锋，却竭力想保持半独立的地位。陶榖是陕西人，不很认识螃蟹。钱俶摆出十几种螃蟹来给陶榖看，未必没有显示吴越物产富饶力量充足的意思。

但钱俶毕竟是钱家第三代了，武功远不及他爷爷钱镠，文治也比不上他爸爸钱元瓘。陶榖很了解这些，于是用“爷爷这么大，孙子这么小”这句话敲打这位“三世祖”一下，给他一点颜色看看，正所谓折冲樽俎——筵席上用辞令进行较量，却创造出了流传后世的这一句成语。

中国大势，分久必合，合久必分。我很想多了解一些历史上分分合合的故事，如这则“一蟹不如一蟹”，从中既看得出赵匡胤的兼并雄心，也看得出钱俶的想方设法应付，更有趣的则是陶穀在奉命进行“文攻”时所表现的辩才，都很能引起我们的思考。

秘书长的信

（2004.6）

诸葛亮在蜀汉为丞相，率军北伐时，任命张裔（字君嗣，蜀郡人，原巴郡太守，诸葛亮前已提拔他为益州治中从事）为丞相府长史，留守成都。长史是主持丞相府日常政务的重要官员，地位大约相当于后来的国务院秘书长。

《三国志·张裔传》中，保存了张裔一封《与所亲书》，看似自嘲，却有深意，今译如下：

> 此次往返汉中，路上没完没了被迎送，被宴请……日夜得不到半点休息。其实人们奉承的只是丞相府的长史官，我张君嗣这个平凡的人赶上了这一趟，累得苦不堪言，烦死了。

《三国志》记载，张裔于诸葛亮北上之明年，离成都去汉中向诸葛亮报告请示，“送者数百，车乘盈路”，这信即写于出差回来时。

秘书长去见总理，谁不想趁此献上一份殷勤，探听一点口风呢？逢迎巴结，官场常态，盖不足怪。难得的是这位秘书长口里吃着山珍海味时，却能心知肚明，人家奉承的只是“丞相长史”，他“张君嗣这个人”，不过搭上了这趟车，适逢其会罢了。

富贵中人，很容易忘记自己也是个普通的人。张裔却能清醒地记住了这一点，可谓难得。

就凭他写的这一封短信，诸葛亮提拔张裔为秘书长，即可谓有知人之明了。

《论语》质疑

（2004. 7）

《论语》记孔子言行，也记载了好几位和孔子持不同意见者的事迹，像楚狂接舆、长沮、桀溺，当然还有子路遇到的“荷蓧丈人”。

“荷蓧丈人”批评孔子“四体不勤，五谷不分”，不事生产，忙于求仕（跑官）。孔子对他却并无反感，更未“反击”，还叫子路回头去见他，他却有意回避了。子路不大高兴，便批评了荷蓧丈人几句。赵南星《闲居择言》对《论语》此节提出疑问，大意是说：

> 《论语》记述的荷蓧丈人，明明是一位乱世隐于农民中的贤者。子路却怪他不出来做官是不负责任，只顾自己一身干净而不顾对君王的责任，说他破坏了伦常。若是如此，那么《论语》所记孔子说的，“国家政治清明，便该出来效力；政局混乱，便该隐身匿迹”，这话倒是错的了。《论语》虽是经书，此处却自相矛盾，令人费解。

子路的原话是:“不仕无义。长幼之节，不可废也；君臣之义，如之何其废之？欲洁其身，而乱大伦……”（见《论语·微子》)孔子的原话是:“天下有道则见，无道则隐。”(见《论语·泰伯》)二者的观点显然是对立的。但子路毕竟不等于孔子，赵南星责备他们“自相矛盾”，也许有些过分。

但在四百多年前“天天读”《论语》的时候，敢于质疑这部神圣不可侵犯的经书，赵忠毅公这一点毕竟值得佩服。

更值得佩服的则是孔子。“荷蓧丈人”批评了他，他不仅没有火冒三丈，还“使子路反见之”，想向他进行解释，此即是能宽容。子路也不错，他虽然未见到丈人，空发了一番议论，也承认“道之不行，已知之矣”，等于向他表示了理解。

谢客启事

（2004. 7）

清兵入关明朝亡国以后，在金陵自立的南明小朝廷，仍然权奸当道，贬斥忠良。这和丢掉大陆逃到台湾岛上去了的国民党政权差不多，照样是内斗内行外斗外行，照样是宁愿得罪人民只怕得罪敌人，真是“天天挨打也学不会在何处屙屎的蠢猪”啊！刘献廷《广阳杂记》记载了这样一件事：

> 黄仲霖向朝廷奏参马士英，自知闯下了弥天大祸，回家以后，便在白纸上用大字写了张启事粘在宅门上道：
>
> “本人触犯权奸，去死不远。为免连累他人，特饬令本宅门房，对于来访各位，一概告辞不见。”

看过《桃花扇》的人都知道，马士英确实是一个“权奸”。他专擅朝政，结党营私，尤其令人痛恨的是“日事报复”，谁敢对他的倒行逆施表示不同的意见，就要动用国家机器严厉镇压。黄仲霖敢于冒这个大不韪，胆子真是不小，虽然他上奏的那个“朝廷”弘光帝就是条听信“权奸”的昏虫，向他进谏等于拿石头打天。

奇怪的是，明末的特务政治相当厉害，锦衣卫、东厂的手段也相当高明，虽然逃到了南京，馀威仍不会小，何以能够允许黄仲霖在宅门外张贴这样的启事。若在后来希特勒斯大林们的统治下,“散布反动传单”和“张贴煽动性大字报”不仅罪加一等，黄宅的门房也早就换成党卫军克格勃了。

土地神

（2004.7）

顾禄《清嘉录》是一种记述乡土事物的笔记，所记敬祀土地神的风俗，是普及全国乡村的民间信仰，好像至今还残存着，而且不止在苏州一处。书中《土地公公生日》一条说的是：

> 二月初二是土地神的生日。苏州的大小衙门里，都有供土地神的地方，称之为土地祠。当日衙门主官要亲临祭祀，佐杂人等信神的，还要吹吹打打，摆上三牲和供果。乡下人家也得去田头小庙里向田公田婆奠一杯酒，求个好年成。
>
> 苏州人称土地婆婆为田婆，她是土地公公即田公的夫人，都在小庙里成对地坐着。

《清嘉录》道光十年刻成，第二年传入日本，在日本很快就有了翻刻本，在中国却几乎失传了，后来还是据日本刻本再翻刻，来了个“逆输入”。这也是书史上有趣的一件事。

余生也晚，抗战中在平江乡下，水稻田边白墙青瓦的小小土地庙是见惯了的，衙门里的土地祠则没有见过。只曾在清人笔记中看到，国子监里的土地菩萨是韩文公，其架子应该会比《西游记》里孙悟空呼来喝去的老头儿大得多，更非田头小庙里的公公婆婆可比。但我想田头垄上倒应该是土地神常驻之所。中国以农立国，土地（社）和谷物（稷）的神，本是国民信仰中最重要的神灵，他们是不会轻离自己的根本的。

消夏湾

（2004.7）

《清嘉录》介绍洞庭山消夏湾，文字优美简洁，引人入胜。

太湖洞庭山脚下，有一荷花最深处，名叫消夏湾。这里遍处都是荷花，盛夏时万朵齐开，满眼云霞锦绣。来此地避暑的人们，坐在游船上，吹着湖上的凉风，闻着荷花的清香，流连忘返。有的人还要等到月出东山，赏玩湖上夜景，甚至留宿船中，让翠盖红裳陪伴着入梦。

消夏湾旧传为吴王避暑处，历代流传诗词甚多。沈朝初《忆江南》词云：

苏州好，消夏五湖湾。
荷静水光临晓镜，雨馀山翠湿烟鬟。
七十二峰间。

颇有韵味。如今到处开发旅游资源，苏州本地应该早就打出消夏湾这张名牌了吧。

古人笔记杂书中，不乏山水名胜和人文景观的记载，像消夏湾这样的名称，今人尽可加以利用，比另起新名称总要好得多。

投针验巧

（2004.7）

社会风俗中，有些以性别或年龄阶段区分的活动，如“男不拜月，女不祭灶”之类，很有研究价值。“七月七”即“七夕”之事，则多与闺中女子相关。《清嘉录》介绍苏州女儿七月初七投针验巧的情形，如今人们大都不大熟悉了，书中却有具体说明：

> 七月初七的头天晚上，女孩们各自将热水冷水掺满一杯搅匀（此水叫作“鸳鸯水”），放在庭前敞露一夜。太阳出来后，让杯水晒上些时，然后每人拿根绣花针，轻轻地投在水面上，注意不使下沉，再看针映在杯底的影子，以此来检验谁的手最巧，这就叫“验巧”。

“七夕”牛郎织女双星渡河，古时是女孩们十分艳羡的神话，很能激起她们的想象。因此便产生了拜星乞巧的仪式，乞求神灵让自己心灵手巧。晒水投针，因为水有表面张力，只要投放的手法轻巧，绣花针便可以浮于水面，不会下沉。此乃是女孩们在检验自己的手巧，也是整个验巧过程的终端，所以顾禄特别详细地加以叙述。

在男耕女织的社会里，针线活代表了女子的智慧和能力。别处地方，少女们也用针验巧，不过并不是“投针”，而是“穿针”，于七夕晚上星光下将丝线穿入绣花针鼻，看谁穿得快穿得准。但现在时移事易，绣花针渐归淘汰，就是找得来一根，请女同胞到月光下穿针引线，只怕也没有谁能够像老外婆那样驾轻就熟了。

小摆设

（2004. 8）

《清嘉录》介绍苏州独有的手工艺制作，此亦风土民俗之一端，富有工艺史、城市史的价值。下面所写的“小摆设”，至今仍是当地的旅游纪念品，看来更觉得亲切有味。

苏州人喜欢供财神。有能工巧匠，雕刻出一种不到一尺高的小财神，还有配套的房屋、桌椅、杯盘、衣帽、仪仗、乐器、棋牌、戏具和其他杂物，全都缩小尺寸，最小的甚至不到一寸大，称为“小摆设”。出售和制作这种小摆设的地方，总有不少男女围观，热闹得很。

《清嘉录》作者另一著作《桐桥倚棹录》卷十一《工作》，还介绍了虎丘山塘一带也出卖类似的东西：

竹木之玩，则有腰篮、响鱼、花筒、马桶、脚盆，缩至径寸。又有摇鼗鼓、马鞭子、转盘锤、花棒槌、宝塔、木鱼、琵琶、胡琴、洋琴、弦子、笙笛、皮鼓、诸般兵器，皆具体而微。

这些应该都属于“小摆设”一类，真可谓无所不有，洋洋大观了。

现在苏州有的旅游点上，还有缩微的红木家具(小书案、小太师椅等)出售，它们可以放在手掌上赏玩，跟儿童玩具似的，材料和制作工艺却一点也不马虎，价钱也不便宜。这和外国的汽车模型、舰船模型一样，都有欣赏和收藏的价值。不同的是，人家玩“小摆设”就只是为了玩，我们却起源于供财神菩萨。事实上财神菩萨至今仍供奉在各行各业的店堂里，尺寸则不断放大，有的甚至近似于伟人造像了。

太监爸爸

（2004.8）

太监是历史上最丑恶的事物之一。明朝让太监当权，又是政治史上最荒唐的现象，祸国殃民，其害至于亡国。崇祯虽斥逐了魏忠贤，仍然信用太监，使其监军参政，最后开城门迎降的也是太监。

王振为明英宗时揽权作恶的太监。当其得势时，无耻士大夫不惜屈身事之，成为读书人不要脸最为丑恶的一页，《菽园杂记》记有一事：

> 正统年间，宦官王振擅权。工部侍郎王某最会拍王振的马屁，又年轻貌美，自愿做了王振的干儿子，很得王振欢心。
>
> 有一次，王振问他："王侍郎，你为什么老刮掉胡须呢？"他答道："您是我爸爸，您老人家没有胡须，做儿子的自然不敢留须啊！"听到的人，无不笑其不知羞耻。

旧时演《西厢记》，张生因莺莺赖简得了相思病，头上扎手巾，手里撑拐棍，开口叫书童。书童上台来，也头上扎手巾，手里撑拐棍，俨然比张生病得更厉害。张生惊问："你怎么也病了？"书童答道："相公病了，我不敢不病呀！"

张生之病，事出有因；王振无须，阉人本相。书童"不敢不病"，只是为了学样；王侍郎不敢留须，却是逢迎拍马。无知的小书童只是可笑，读书出身的副部长则是可耻了。

读书人为了功名利禄，有时候不要脸已达到无法想象的程度。明熹宗时魏忠贤称九千岁，干儿子干孙子成百上千，各州郡争着给他建生祠。后来孙中山逝世，章太炎在挽联中讽刺他"满朝皆义子，碧云应继魏忠贤"，虽然刻薄了些，国民党那些人亦并无义子的名分，但情形也还是有几分相似。

《菽园杂记》为陆容（文量）所著。《四库全书总目提要》引明代人的话说，"本朝记事之书当以陆文量为第一"，所述必非虚构。

皇上亦未必都对

（2004.8）

陆容《菽园杂记》讥笑过读书人的不要脸，也写到过读书人中也有不逢迎拍马的，比如彭勖敢于批评皇上作序的书，即甚为可敬。它说的是：

正统初年，南京提学御史彭勖认为，永乐年间修纂的《五经四书大全》，学术水平不高，论点多有不合，于是加以批评，还写成了一部专著。

审读者说：“《五经四书大全》有成祖文皇帝所作序文，是皇上肯定了的，怎么能够否定呢。”

彭勖却不为所屈。他坚持的理由是：学问愈研讨愈精进，真理越辩论越分明，怎么能因为是皇上肯定了的，便不许提出不同的意见呢？

《菽园杂记》的记载告诉我们：“两个凡是”，看来并不是上世纪七十年代的新发明，而是历史悠久的专制主义老传统。

永乐皇帝肯定了的，正统皇帝治下必须继续肯定，奉为金科玉律，不允许讨论，更不允许修正。专制政治与专制文化的关系，在这件事情上看得再清楚也没有了。

但彭勖毕竟是可敬的，他敢于指出御制《五经四书大全》的错谬，即使皇上为之作了序。

陆容也毕竟是可敬的，他敢于记下彭勖这件事，赞扬他敢于指出：在有的事情上，皇上亦未必都对。

白发染青

（2004.8）

上回讲过两个女人拔头发，这回再来讲白发染青的故事。

人老须发会白，自然规律如此，大可听之任之。有的人不愿老，要将白发染青，也是由来已久。《菽园杂记》记述此故事，以古证今，谈言微中，很有意思。所记的大意是：

从前陆展染青白头发讨好小老婆，寇准设法白胡须争取当宰相，都是为欲望所驱使，才干出违反自然规律的蠢事。但晋人张华在《博物志》中曾记下染白胡子的方法，唐人宋人都写过镊去白须白发的诗篇，可见此事的历史已相当久远。

如今染头发的人，多数倒不是为了女人，而是为了显得年轻点能选上当官，或延迟退休。只要看看卖乌须药和镶牙补牙的广告，大都贴在组织人事部门前头，并不贴在风月烟花场所，便可以明白了。

我们看京戏《龙凤呈祥》，刘备过江招亲，成功全靠乔国老送乌须药；但皇叔的目的原是荆州而非孙尚香，政治从来是居第一位的。

不爱江山爱美人，是胸无大志的后主们的人生哲学，大英帝国的温莎公爵庶几近之。其实只要有了江山，又何愁没有美人。世界上终究明白人多，所以人气最旺处还是组织人事部门，而不是婚姻介绍所。

给皇帝画像

（2004.9）

《菽园杂记》还讲过一个给明太祖画像的故事，使人觉得，伺候皇帝老子虽然恩宠光荣，却需要万分小心，也是很难很难的。说的是：

> 太祖皇帝曾召集画师为自己画像，画出来都不满意。
>
> 有位画师写生本领最高，画得最逼真，自以为万岁爷一定会满意，谁知呈上去也不合式。
>
> 另一位画师却揣摩出了皇上的心思，不求形似，只将御容画得格外和蔼慈祥。结果龙心大悦，诏令其照样画出若干幅，颁行天下。

朱元璋本是一副“五岳朝天”的凶相，看得出杀起人来不会心慈手软。他以杀人夺了天下，又杀功臣，杀文人；及至自己觉得天下该“稳定”了，又想以慈眉善目给人们以“亲民”的印象。画师们有谁能体会到这一层“天意”呢？自然是画得越像越不行，除了最后的这一位。

最后这一位画师，就凭他揣摩迎合时表现出来的政治敏感和政治水平，当一个美协主席是足够的了，我以为。

吴晗的《朱元璋传》只看过初版本，其中好像也写到了这件事，还将朱元璋狰狞凶恶的真容和特意画成的阿弥陀佛像分别制版，印在卷首。我只知道吴晗后来被打成“三家村”之一，自杀毕命了；至于是不是与此事有关，却是一点也不知道的。

心中有妓

（2004.9）

南宋和明朝，都是国势日弱，被动挨打的朝代，也是“理学”日兴，提倡“存天理灭人欲”的时代；“时代导师”首则“朱夫子”(熹)，次则“两程夫子”(颢、颐)。冯梦龙却在他的《古今谭概》中刻画“两程夫子”讨论“有妓无妓”的故事，十分生动有趣。

程颢(明道)程颐(伊川)两兄弟，都以讲道学出名，被尊称为“两程夫子”。

某次两程夫子同往人家赴宴，有妓女陪酒。小程夫子怕妓女近身，站起来整整衣襟便告辞离开了。大程夫子却和众客人笑谈饮酒，直至终席。

第二日，小程夫子来到哥哥书房，讲起头天让妓女来陪酒，仍然气愤不已。大程夫子便对弟弟说：“昨天酒席上有妓女，我心中却没有妓女；今天这书房中没有妓女，你却老是想着昨天，看来心中还有妓女啊。”

《古今谭概》是冯梦龙纂辑的一部笑话书，所以敢于和“两程夫子”这样的道学家开开玩笑。但此“心中有妓”的故事流传甚广，我想至少总会有点根据，不会完全是冯梦龙创作出来的。

就因为一个“心中有妓”，一个“心中无妓”，后来就认为哥哥的“道学”水平比弟弟更高。其实我觉得，弟弟生气离席固可不必，哥哥用心搞出这么一套说辞也嫌做作，他俩都活得太累了。

在古时，士大夫们交际应酬，有家妓或官妓陪酒是十分正常的，和她们接触一下也呒啥，只要不到浔阳江头去找有夫之妇，或者家中没有夫人作狮子吼，便不会惹出麻烦。不过道学先生要当“夫子”，便不得不特别自律，装出一副特殊材料做成的人模人样。

小程夫子“拂衣起”，至次日“愠犹未解”，脸上肌肉绷如许久，血压肯定升高，比起大程夫子随大流“尽欢而罢”，似乎更不利于养生。可是查二程年龄，弟弟只小哥哥一岁，却在哥哥去世后还活了二十二年，这又如何解释呢？难道要做到“心中无妓”，见可欲而心不乱，竟如金庸所写“必先自宫”，对于生命的戕贼比板起一副脸还严重吗？

曹奎的大袖子

（2004.9）

古时读书人长袍大袖，故成语有“袖内机关”“袖里乾坤大”等说法。读书人做了官或准备做官，口头上又常须念叨着“天下苍生”和“黎民百姓”。于是冯梦龙在《古今谭概》中,又讲过这样一则故事：

> 曹奎中进士后，特别喜欢作秀，新制袍服时特意将袍袖做得比别人的更大，穿在身上，招摇过市。
>
> 杨衍见了，忍不住问他道：“你这袍袖子做得太大了吧?”
>
> “就是要大，这才装得下天下苍生呀。”曹奎得意洋洋地回答。
>
> “天下苍生难说,”杨衍笑道，“一个苍生倒确实是装得进去的了。”

曹奎那时说袖里要装天下苍生，国民党后来也说心中要装着“民生”，装着老百姓，若能做到，当然很好，问题就是他们都是只管说，不管做的。

冯梦龙为苏州人，《古今谭概》此则后有批语云：“今吾苏遍地曹奎矣。”这说的恐怕不只是大袖子。

在上者提倡某种精神，宣传某种思想，若要收效，莫如身体力行，而不在多言。颁布几条顺口溜式的口号，置办几身曹奎式的大袖袍，便想文武百官廉洁奉公，天下苍生安居乐业，则是痴心妄想。君不见，蒋介石手订的“党员守则”十二条背得再滚瓜烂熟，亦无救于国民党在大陆的败亡吗。

一连三个

（2004. 10）

古人没受过“为人民服务”的教育，目的只在“学而优则仕”；高级些的还可以有“修齐治平”的理想，低级的便只是要做官，正所谓“有官位便有了一切”。

《古今谭概》还有则故事，是讲做官的瘾特别大，大到了连死都不怕的。

> 嘉靖时俺答入侵，京师一度危急。皇上怪罪兵部尚书丁汝夔，将其处死，在朝官中引起震动。大家都感慨仕途险恶，说兵部尚书当不得。
>
> 有一人却不以为然，说：“兵部尚书是正部级的大官呀，如果做一天便要砍头，也许没人争着做；只要能做上个把月，即使是砍脑壳，我也还是愿意做的。”

这似乎是一则讽刺挖苦的笑话，其实不是。后来明朝的兵部尚书，的确一连好几位都被处死，如熊廷弼、袁崇焕。以至新官上任，兵部衙门外便贴出了揭帖：

莫做莫做，
莫贺莫贺；
十五年间，
一连三个。

“一连三个”都掉了脑壳，还有人来当这个兵部尚书。据史书评述，熊、袁都是忠臣，真所谓忠臣不怕死了。

贪官不怕死的则更多。明太祖恨贪官，州县官贪污被告发，便剥皮填草示众。新官来补缺，属吏每窃窃私语：

填草的又来了。

读报见卖官买官的大员判死刑，因而想到斯蒂文森《自杀俱乐部》写波斯王子花钱买死，费心费力，何如先买个“风险”大的官来当当，反正用来买官也就是买死的钱也是贪来的，不必像波斯王子那样从王宫往外搬。

啃老

（2004.10）

独生子女普遍当上父母之后，爷爷奶奶负担加重，社会上开始流行“啃老”一词。其实啃老现象古亦有之，《古今谭概》便介绍过一个“啃老”的人，此人在世当不晚于冯梦龙，可以说是三百多年前的“啃老族”。

> 有个姓吴的人，二十岁就做了爸爸。儿子养到三十岁，他自己也五十岁了。儿子因为蠢(小名就叫“蠢子”)，生活一直得他照顾。
>
> 有天来了个算命先生，父亲请其为自己和儿子算命，结果算出，父亲寿高八十，儿子也会活到六十二岁。
>
> 蠢子听了，号啕大哭着道：“爸爸八十岁死了，六十岁以后还有两年，那两年我靠谁养活啊！”

不幸生下弱智低能儿，只能尽一世义务，身后还会留下遗恨；对此社会应予同情，国家也该关心，绝不该觉得好笑。旧笑话常打趣残疾人，乃是国民心理不健全的表现，但取笑弱智和病人的毕竟还少，除了借呆女婿傻新娘搞黄色低级趣味。

这位吴蠢子却也未蠢到极点。他知道父亲大自己二十岁，知道八十减二十再减六十二等于负二，知道父亲死后还有两年无人养活自己。如果及早训练他学会独立生活，不养成饭来张口衣来伸手的习惯，他很可能就不会如此号啕大哭。

社会上有所谓特权阶层，让一部分人先富起来以后又出现了先富阶层。富贵之家，总会特别注意子女教育。但如果教之不以其道，子女虽然并不弱智，也被娇惯成了饭来张口衣来伸手的少爷小姐，老爷太太临终时也会放心不下的。

灶神上天

（2004. 10）

《五杂组》这个书名，常被错成《五杂俎》。其实它乃是明人谢肇淛（在杭）所作笔记，李本宁序中明明讲了“组”字典出《尔雅》，谓作者“多文为富，故杂而系之组也”，真不该再错下去了。这是一部内容比较丰富的笔记，周作人曾为文介绍，称其“观察清楚，文章简洁”。兹选译其介绍灶神上天的一条：

> 每家的灶神菩萨，每月三十日都要上天，报告这一家人的过失。段成式笔记中说，灶神有六个女儿，月底都会上天检举凡人的罪错，犯严重罪过者得少活一纪十二年，较轻者也得短几年阳寿。
>
> 所以人们都怕灶神。有些人家，每月到了二十四五便吃斋念佛，求得一个好印象。
>
> 其实，真心做好事，何必只在月底这五六天；若只是为了应付最后一天的检查，从二十四五起吃斋念佛，岂不又太早了吗？

元朝时候，汉人做亡国奴，每几户人家得供养一位阿合马或忽图鲁，让他监管着。后来不做亡国奴了，东厂、西厂、锦衣卫管人管得更严，检举揭发亦不限于月底了。

统治者总还不放心，若能跟玉皇大帝那样，家家派一个灶神爷，再加上六员女将，十二个时辰都有几双眼睛盯着，那才好呢。

但老百姓也有老百姓的办法，到二十四五吃几天斋，初一初二再开始打牙祭。更为简便而有效的，则是破费两文钱买几块扯麻糖，让他和她们甜一下嘴巴，坏话便可以少说几句了。

人尽可夫

（2004. 10）

“人尽可夫”通常是一句骂女人不正经的话，谢肇淛《五杂组》有一则为之辩护，承认这句话有它的合理性，说：

> 人尽可夫这句话，主张严守传统道德的人听了，可能会不以为然，觉得不对。但，对于每个女人来说，父亲总只有一个，丈夫则凡是男人都当得，却是合乎逻辑的事实。
>
> 父女关系是天生的，谁都只可能有一个生物学上的父亲。夫妻关系则是男女配合，女子接受求婚不会限定一个对象，男女双方都可以进行选择。那么，说每个男人都有可能当某个女人的丈夫，其实也并不错啊。

《左传》桓公十五年，郑伯想要祭仲的女婿雍纠杀掉自己的丈人公。雍纠的妻子得知此事，回家问妈妈：“丈夫和爸爸比，哪一个更要紧?”妈妈回答道：“人尽夫也，父一而已，胡可比也。”于是妻子将丈夫的杀意告诉了爸爸，祭仲先下手将雍纠杀掉了。

“人尽夫也，父一而已，胡可比也。”这本来是压倒亲情的政治斗争中一句生死攸关的严肃的话。后来“人尽夫也”变为“人尽可夫”，就成了道德家斥骂不守妇道的女人们的形容词。四十年代拍过一部电影《人尽可夫》，主演白光从此被视为现代潘金莲，至今难入电影名人传。

《五杂组》作者是晚明人，正当社会危机深重时，也就是文化思想活跃时。他能承认“人尽夫也”这句话有合理性，承认男人可以“择妇”，女人亦可“择夫”，这是他思想解放的表现。

九里松题字

（2004.11）

谈起叶绍翁，大家都记得的恐怕只有“春色满园关不住，一枝红杏出墙来”，其实他的《四朝闻见录》，乃是研究南宋史事的重要著作，《四库提要》也称其“所论颇属持平”。甲集中有《九里松用金字》一条，说西湖北边“九里松”那块匾为吴说（字傅朋）所书。宋高宗有次去天竺，路过九里松时，见到了，命令取下来，想自己另写一块。结果写了几十遍，终于叹息道：“还是代替不了吴说的字啊！”便叫人将原来的匾填上金，仍旧挂回原处了。

绍翁后来阅《挥麈后录》卷六，其中亦记述了此事，却说高宗将自己题的匾代替吴说的挂了一些时候，才对吴说道：“卿书九里松牌甚佳，向来朕亦尝书之，终不逮卿，当复以卿书揭之。”于是在天竺佛寺中找到原匾，重新挂上，并没有提到以金填字。绍翁在丙集中全引了《后录》的记述，诘问道：

> 至今九里松字尚填以金，过者皆见，则绍翁甲集所载似是，而傅朋不以语挥麈，何也？

九里松这块匾，换来换去，又曾御笔亲题，闹得动静很大。见诸记载的，除了《四朝闻见录》和《挥麈后录》，还有陈晦的《行都纪事》，我曾在《皇帝的风格》一文中引用过，这里便不再征引了。

在我看来，吴说的字填了金还是没填金，好像无须特加考证。要紧的是宋高宗敢于公开承认自己写的字“终不逮”吴说，“无以易说所书”，终于能够把西湖上的“九里松牌”让给吴说了。后世像乾隆这样的皇帝，书法不怎么样，却要把一切重要题字全包下来，相形之下，岂不显得太“半瓶子醋”，连偏安江左小朝廷的宋高宗也不如吗？

其实皇帝也是人，他有人的欲望，包括创作欲、发表欲、成就欲等等，都是十分正常的。宋徽宗皇帝没有当好，字写得好却谁都承认，并没有因为他被抓到金国去当了“昏德公”而加以抹杀。问题在于：第一他的字真要写得好，不能是坐在金銮殿上时都说好，当了俘虏便没人说好了；第二他绝不能以为，世间的皇帝在写字这方面也能当皇帝，文事艺事另是一个天地，只能凭这方面的真本事说话。

董其昌称吴说“真书为宋朝第一”，这大概是人们的共识。宋高宗的字也是写得很好的，瘦金书虽然难比父亲，行书却并不逊色。陆游说他“妙悟八法，留神古雅”，王应麟说他“颛意羲献父子”，“直与之齐驱并辔”，这是有传世《御书石经》为证的。如此而能虚心逊让，就更为难得。

反观乾隆，近人马宗霍《霎岳楼笔谈》谓其：

> 每至一处，必作诗纪胜，御书刻石。其书圆润秀发，盖仿松雪，唯千字一律，略无变化，虽饶承平之象，终少雄武之风。

即在帝王之中，这评价也比宋高宗差远了。可见即使为“留名”计，“每至一处”都要“御书刻石”，既费心费力，又不免相形见绌，何如承认天下人字写得比自己好的还多，让出几块牌匾纪念碑什么的给别人去写，岂不是还能赚得叶绍翁一番称赞，说“圣人不没人之善如此”吗。

至于字写得远不如乾隆，甚至被公认为恶札的帝王或准帝王，也要像乾隆那样到处都题，后世的叶绍翁和马宗霍会怎样来记述，那就不大好推测了。

不识字更快活

（2004.11）

《五杂组》好在并不专注文人雅事，偶尔着墨，有不少也颇有意思，比如写翰林学士梅询和一个老兵的对话。

> 梅询在朝中当翰林学士，有天交下起草的文件特别多，又特别费斟酌。他忙得头昏脑涨，搁下笔想出外走走，手里却还拿着正在修改中的文稿。刚出房门，便见一个老兵躺在屋檐下晒太阳，正在伸懒腰。
>
> “多快活啊！”梅询不禁忻羡起这个老兵来，便和颜悦色地问他道：“你识字吗?”
>
> “不识字。”老兵答道。
>
> “那就更快活了。”

翰林学士属于最高级的秀才班子，是元首身边工作人员，地位、待遇比老兵何止高出百倍。可梅询却羡慕在阳光下伸懒腰的老兵比自己“更快活”，而且是真正发自内心的感叹，不是在镜头前装模作样。

原因何在呢？

就在于老兵回答的三个字："不识字。"

一个人过得快活还是不快活，在梅询看来，关键在于识字还是不识字，也就是拿不拿笔杆子。本来嘛，用笔杆子为统治者服务，即使在体会圣心紧跟旨意上特别小心，不致陨越，但总得风来随风雨来随雨、明明没有道理也要说出个道理来，也就够伤脑筋、不得快活了。

元朝立规矩

（2004.11）

古人笔记中，元朝人留下的数量最少，却最有特色。因为这是汉人做亡国奴的朝代，尽管史书上照样喊太祖太宗，其实铁木真、窝阔台他们并没怎么“进于中国”，这便是一种特色。

陶宗仪生于元仁宗延祐三年，在元朝生活了五十多年。近读所著《南村辍耕录》下面这一节，对于所写汉族臣工朝见蒙古大汗的情形，真是印象深刻：

> 蒙古人征服中国，建立了元朝。元世祖(忽必烈)改燕京为中都时，已历太祖(铁木真)、太宗(窝阔台)、乃马真后、定宗(贵由)、宪宗(蒙哥)五世，还没有营造宫殿，制定礼仪。
>
> 每逢朝贺之时，蒙汉臣工在大帐外面挤成一团，争先恐后要进去磕头。蒙古卫士很是讨厌，挥起棍棒打，刚打散又聚拢了。
>
> 翰林学士王磐“虑将贻笑外国”，奏请快些建立朝会的规矩，世祖当即同意。

蒙古人已经进北京做了皇帝，依旧按草原上的规矩在蒙古包里上朝；新老降官抢着挤进去向“大汗”磕头，棒打都打不散，的确是很有趣的现象。更为有趣的，则是那位翰林学士王磐“虑将贻笑外国”的外国，并非远在西天的英吉利法兰西，而是被赶过长江去了的南宋，刘克庄正在那里填《贺新郎》词，问“谁梦中原块土”哩。

王磐本人也是籍贯永年(河北)的汉族读书人，因举报李璮叛元投宋有功，死后被元朝谥为“文忠”。谥法原是汉族王朝的传统礼制，在这一点上，蒙古主子“拿来”汉文化“为我所用”的速度倒是蛮快的。

学者应召

（2004.11）

元朝虽是异族统治，传统士大夫讲道学并未受影响，“学而优则仕”亦未受影响。《南村辍耕录》的作者是浙江人，虽非道学家，亦未做过官，却应过科举，刊刻过诗文集，有丰富的社会文化活动。他所记当时“道学家”半推半就去为新朝统治者服务的情形，相当生动，值得看看。

元世祖中统元年，道学家许衡(号鲁斋)被征召去朝廷做官，路上去看望另一位道学家刘因(号静修)。刘问许：“朝廷一征召你便去，是不是太快了一点?”许答道：“不去，我们所学得的道理怎么能够实现呢。”

世祖至元二十年，刘因也被征召入都，以赞善大夫之职去教育蒙古子弟，没多久便辞职回乡了；接着又派人来召他去当集贤学士，仍以体弱多病坚辞。有人问刘因何以不去，刘答道：“一召便去，我们所学得的道理岂不太不值价了吗。”

看来元世祖忽必烈真如《元史》所说，一开始便注意延揽“四方文学之士”，的确是一位“思大有为于天下”的君王。

许衡和刘因，都是讲求“程朱理学”的名人。他们出生于金人和蒙人统治之下，得为“三等公民”(汉人列蒙古人、色目人之后)，虽是“臭老九”(九儒十丐)，但只要“应召”了，还是有官做，甚至可以讨价还价一番。看来，忽必烈招揽汉族知识分子的政策，还是执行得相当好的。

人之将死

（2004.12）

人之将死，其言也善。善倒未必善，不过比较真却是可能的，有的还比较美。

南朝刘宋王景文被皇帝赐毒酒处死，诏书和毒酒送到时，他正在同客人下棋。看过诏书，先放在一旁。等棋下完，把棋子收好，将诏书递给客人一看，然后举起毒酒道：

“这壶酒只好我一个人喝啦！”便一饮而尽，见玉皇大帝去了。

王景文饮下毒酒时所说的话，原文是：

> 此酒不堪相劝。

讲得多么潇洒，多么不失身份。比起苏格拉底说“我还欠庙里一只鸡的愿，请替我还了”，金圣叹说“豆腐干和花生米同嚼，有火腿味”，瞿秋白说“中国的豆腐，其实也很好吃”之类来，这一句岂不显得更加自然，更不作态，而且彬彬有礼，更能给人留下深刻的印象吗？

冯梦龙《古今谭概》记下了这件事和“此酒不堪相劝”这句话。但欲知其详，还得去看《南史》列传第十三，便可知道：

王景文出自高门，又有学问，少时即为宋武帝爱重，要将女儿嫁他，甚至把他的名字作为宋明帝的名字，又要明帝选了他的妹妹做皇后。而王景文倒并没有野心，多次辞谢加官晋爵，还以有病为由辞不尚主。明帝登基后，他更加小心谨慎，虽一再被任命做中书令、中书监，为太子太傅，仍固辞不拜，不得已才接受个虚衔，仍请求到外地镇守，远离朝政。即使如此，宋明帝自知不起时，怕以后皇后临朝，他是“元舅”自然要出掌国政，以他的资望和才能，天下便可能会由姓刘变成姓王，所以还是对他下了手。明帝叫使者对王景文说：

> 朕不谓卿有罪，然吾不能独死，请子先之。

总算还没有先制造一个叛国案，没有先给他戴上顶反什么的帽子，还算念了一点郎舅之情。

这便是专制政治最可怕的一面。君要臣死，臣便不得不死，即使位极人臣，甚至当上了二把手，也救不了本人一条命。苏格拉底虽也是饮鸩自尽，还为自己辩护了一回，再由人民代表往瓶中投贝壳来表决，走了趟民主合议的过场。金圣叹和瞿秋白未经审判即被“明正典刑”或“密裁”了，“黄泉无客店，今夜宿谁家”和《多馀的话》仍能纸写笔载，传之后世。只有王景文这样，爱之要将公主下嫁于他，恨之(也许该说惧之)则赐一壶毒酒，连明白话都不让他向世人说一通，殆可称为最黑暗最灭绝人性的了。

然而王景文留下的这一句话，却说得实在有风度，实在真，实在美。如果编一本《人之将死》，我一定将它作为其中精彩的一篇。

结发夫妻

（2004.12）

人总是人。异族统治时的人，被统治者也好，统治者也好，也都是人，有人的弱点，也有人的本性。《南村辍耕录》记各族士民生活，均能体察人情还原物理，如写御史大夫(副宰相)也先帖木儿之处理夫妻关系：

御史大夫也先帖木儿，嫌弃自己结发的正妻好些年了。

有回翰林学士承旨阿目茄八剌死了，也先帖木儿派一位叫明里的官员代表自己去吊孝，回来后问他死者妻妾的情况。明里答道："承旨大人府上，戴凤冠的姨太太有一十五位，只见她们忙着在争分财物，全不悲伤；一直守在灵前伤心哭着的，只有正室夫人一位。"

也先帖木儿听了，默然无语。当天晚上，他便到正妻房中住下，从此两人恩爱如初。

人类在动物学上所属的灵长目，其下的各属各种，从峨嵋山的猴子到非洲的黑猩猩、大猩猩，本来都是一夫多妻的。直到百年以前，我们人类也是一样。现代文明社会法定一夫一妻，但公开、半公开、不公开多妻的，仍然不少。但男人们为自己的身家性命计，与其学阿目茄八剌鞠躬尽瘁死而后已，还不如学学也先帖木儿珍重结发夫妻的情义，只要一个女人才是吧。

洁癖

（2004. 12）

《南村辍耕录》还留下了不少社会史和自然史的材料，关于大画家倪云林洁癖的记述，即是六百年前“强迫行为症”的一个病例。

人们都知道倪云林有洁癖，而且他的洁癖十分严重，完全成了病态。

有次倪云林看上了歌妓赵买儿，叫她来家中陪宿。先要她干干净净洗了澡，上床以后，又从头到脚，手摸鼻嗅，仔仔细细检查了一遍。因为觉得她身上总还有点不一般的气味，又叫她下床去洗。洗后再嗅，嗅后再洗，一次又一次，折腾到天亮，什么也没有干成，白白付出了一笔服务费。

赵买儿后来对人说起这回事，每次都笑得直不起腰来。

古人关于生理、心理、病理现象的记述，都是人类学和疾病学上有用的资料，都有自然史的价值，即使事涉隐秘，亦未可一笑置之。

倪云林的洁癖，便是典型的“强迫行为”，表现十分生动，很有病史研究上的价值。因为据性学研究，人类性行为满足的条件有三，一触觉，二听觉，三嗅觉，而视觉无与焉。可见倪云林之要求无丝毫气味反而是不正常的，也就是病态的了。

此类材料，经史中也有。子夏因死了儿子悲痛过度而失明，即是急性青光眼发作的结果，现代医学可以引为佐证，孔子实在不该骂他。

第五辑

间壁王阿奶

（2005. 1）

读王闿运《湘绮楼日记》，光绪十八年十一月二十三日记：

临陈丧……为写铭旌而还。

这铭旌是什么东西呢？

《儒林外史》第二十六回说，戏子鲍文卿死后，他搭救过的向知县这时已经做了道台，到灵前来吊孝，问孝子道："你父亲几时出殡？谁人题的铭旌？"答道别人说戏子是贱业，铭旌上不好写。向道台道："有什么不好写？取纸笔来。"便写道：

皇明义民鲍文卿享年五十有九之柩

赐进士出身中宪大夫福建汀漳道老友向鼎顿首拜题

写完递给孝子道："你就照着这个送到亭彩店内去做。"

这才知道，铭旌原来是介绍死者身份的一句话，这句话得由人写在纸上，然后送到亭彩（纸扎）店去做成可以高高举起的架式，出殡时走在棺材前头，专门给死者增添光彩。

王闿运为名举人，当过书院的山长，入过曾国藩幕府，当然有资格为丧家写铭旌。鲍文卿是一个戏子，社会地位低下，本来毫无光彩；给加上个“皇明义民”的头衔，又有做道台的“老友”为他题写铭旌，也就光彩起来了。

而吴修龄在《围炉诗话》里，谈到他在苏州见到一丧家的铭旌则更有意思，其文云：

> 皇明少师文渊阁大学士申公间壁王阿奶之灵柩

少师为太师（宰相）之副，官居一品，文渊阁大学士又是文职最高的荣誉头衔。少师加文渊阁大学士衔，相当于国务院常务副总理，岂不是一人之下万人之上的高官，申公之显赫自不待言。但这跟住在申公隔壁的王阿奶有什么关系呢？除了隔壁邻居这一点以外，可以说毫无关系。但王阿奶的铭旌，却大言炎炎地将“皇明少师文渊阁大学士”写在上头，真可以说是会拉关系了。

“皇明少师文渊阁大学士……”，只要不接着看下去，当然比“皇明义民”光彩得多。王阿奶的铭旌要这样写，无非借重申公，增加光彩。小家子想把事办得风光一些，本也情有可原。无奈《围炉诗话》的作者却不表同情，他在谈到这一条铭旌的时候，别有用心地说道：

> 今人作诗，动称盛唐。……（此铭旌）可以移赠诸公。

梁绍壬又在《两般秋雨盦随笔》中加上一句：

> 此虽虐谑，然依人门户者可以戒矣。

这就不能不使人作进一步想：依人门户者，看来并不止一个王阿奶呢。

不是吗？编《传世藏书》要请季羡林挂名主编，印《闲情偶寄》要请余秋雨为文介绍……不都是依人门户吗？

王阿奶拉上皇明少师，还有隔壁邻居这一点关系做引子；而如今事事须凭关系，处处得找关系，能人之能，就是能从本来没有一点关系的地方“建立”起各种关系来，其难度比在铭旌上写一句话大得太多了。

此亦人子也

（2005.1）

陶渊明是否晚婚，我不知道，但他确实是晚育的。《与子俨等疏》中说，他自己“年过五十”，可是儿辈仍然“稚小”，《责子》诗又自叹，“白发被两鬓”了，大儿子阿舒还只有十六岁，小的更“不识六与七”，“但觅梨与栗”，只知道淘气。

东晋义熙四年秋天，陶渊明离开柴桑（九江）的家，到百里外的彭泽（湖口）去当县令。为了顾惜儿子，他从彭泽派回一名“力”（干力气活的奴仆），来帮家里做打柴挑水之类杂事，为此给儿子写了这样一封信：

> 汝旦夕之费，自给为难。今遣此力，助汝薪水之劳。此亦人子也，可善遇之。

因为儿子“稚小”，“自给为难”，于是“遣此力”以助其“薪水之劳”，此全出于父子之情，可见陶公之笃于天性。

这里最感动人的，却是“此亦人子也”这句话。陶渊明在顾惜自己儿子的时候，还能想到所遣之“力”也是别人的儿子，同样是人生父母养的，也应该得到顾惜（“可善遇之”），虽然此人只是一名“力”——苦力。

“此亦人子也”。县令的少爷也好，卖身的苦力也好，同样的都是人之子，都是人，都应该得到顾惜。这就是平等的观念，人道主义的观念。古时也有过“人不独亲其亲，不独子其子”的理想，但能于家居日用中贯彻实行，又以温煦慈祥的口气出之，便和在庙堂之上讲大话说什么天下“黎元皆吾赤子”完全不同，不能不使我五体投地地佩服了。

“此亦人子也”。这句话最可贵的价值，就在于要把人当人。和这种价值观相反，一切专制独裁者最核心的观念，就是不把人当人。为了他们的野心和妄想，可以让成千上万、几十万几百万甚至几千万几亿的人去死，或死于原子弹，或死于毒气室，或死于修长城，或死于大饥荒，全都一样。“此亦人子也”，他却毫不顾惜，反正死了好多还有好多。

当然这一切都是在冠冕堂皇的口号下进行的。秦始皇刻石宣传“烹灭强暴，振救黔首”，电影里也说他是心怀“天下”“护国护民”的英雄。那么他所杀的人(包括一次坑掉的四百六十多个儒生)自然不能算“黔首”，而都是对“天下”不利的“强暴”，活该“烹灭”的了。

也许是英雄所见略同吧，古今中外的独裁者在杀人时，都要先给被杀者戴上顶帽子。希特勒活活烧死的几百万人都是“劣种”，斯大林赶到西伯利亚去冻饿而死的上百万人都是“富农”，“四人帮”杀掉的张志新和遇罗克则是“现行反革命”。他们以为这样便名正言顺，自己也可以心安理得了。其实，所有被杀者“亦人子也”，不讲迟早必遭报应，就凭双手沾满人之子鲜血的恐怖形象，和陶公温煦慈祥的面目相对照，这反差实在太大，教人无论如何也无法与之亲和了。

礼金的多少

（2005.1）

民国初年，徐珂（仲可）以编成《清稗类钞》四十八册闻名。他又曾以不同名目写作笔记，身后由儿子新六辑为《康居笔记汇函》印行，多次再版。其《呻馀放言》中有《侈汰之风》一则，今译如下：

> 民国以来，讲排场好面子的风气越来越严重。乙丑（民国十四年）五月间，丁竹孙君曾经告诉过我，光绪二十二年他结婚的时候，亲戚朋友所送礼金，有的只有两三钱银子。但这还是在杭州，乃省会城市，亦不过如此；偏僻地方，只会更少，甚至少到百十文钱。而如今同样送礼，至少也得要送一块银圆，才拿得出手了。

《呻馀放言》自序作于丁卯（民国十六年）即一九二七年，去光绪二十二年即一八九六年正好三十年。三十年中，礼金的起点提高了将近三倍，从两三钱银子提高到七钱三分（一枚银圆的重量），徐珂即感叹“侈汰之风，与日俱进”。而据徐氏笔记中记当时物价，一枚银圆能购猪肉少则二斤半(上海公共租界)，多则七斤(山东兖州滋阳县)。如今猪肉一斤三十元，乡下结婚送礼起码三四百元，其价值已超过十斤猪肉，城市中则千元已属常见，假如徐老先生还在世，又将发生什么样的感叹呢?

用人不疑 （2005.1）

《康居笔记汇函·呻馀放言》有一则《疑人用人》，也反映了民国初年人们对世变日亟、人心不古的普遍看法：

> 古话说，“疑人不用，用人不疑”，确实有其道理，可是在现时却未必行得通。现代人的贪婪和狡诈，比古人厉害了不知多少倍；没有刘邦曹操那样的手段，谁又能够使用比陈平更贪，比司马懿更诈的人才呢，“用人不疑”行吗？
>
> 所以，我认为不必再提倡“用人不疑”啦。监督、检察等手段绝不可以放松，虽不得不用他，更不得不防他。时时刻刻、尺尺寸寸地提防着，还怕一不小心，被他钻了空子呢！

管着要紧事物(如武器、钱财、国家机密之类)的人，在上者(即用人者)得“时时防之，事事防之”，在现今仍系情理中事。于是将管这些事的工作称为“要害工作”，不是随便什么人都能去做得的。但头脑简单如我者，总觉得这种“要害工作”还是不去做为好。要害，要害，结果只怕要害了自己。苏联之雅戈达、叶若夫、贝利亚，汪伪之李士群，例子真不胜枚举。

过去帮“后宫佳丽三千”的皇帝管女人，亦是一种要害工作；而将管女人的人先做成太监，亦就是一种“防”。尽管防了，仍不免出嫪毐，出魏忠贤；但即使不幸或有幸成了嫪毐、魏忠贤，最后仍难逃一死也。

刻书工价

（2005. 1）

不久前，下江有青年朋友想刻印一部晚明人的著作，写信给我，叫我给题写书名。我的字十分差劲，但对刻书感兴趣，便写五个字寄去了。究竟刻书的工价如何，刻一叶书得花多少钱呢，很想知道，却没来得及问。

《康居笔记汇函·松阴暇笔》中，却谈到了民国时的刻书工价：

> 南京刻书匠人工价，是每万字三十三圆(木版在内)，字则不分大小。这是民国十三四年的情形。
>
> 上海有位从北京来的刻书匠人，影刻宋版书每百字要银洋一圆七角。虽说版片同样不另收费，万字须付一百七十圆，比南京普通刻工要贵上五倍多。

木刻线装书现在都成了“古籍”，拍卖会上起码几百元一卷。其实民国十三四年去今不到八十年，那时花一百多圆(也就合人民币七八千元，最多一万元吧)，便可刻成一卷诗文

（木刻线装通常两三万字一卷），刷印出来请教，成本不会超过人民币一百元。版片存在那里，随时刷印，多少不拘，花钱更少。

报载浙西某地山村，至今还有手工刻印的作坊，多为家族经营，承印的大部分是家谱，却不知道他们工价如何算法。如果不按影刻宋版要价，倒真想去那里刻印一卷周作人的《儿童杂事诗》。若能将《知堂杂诗钞》也刻印出来，那就更好了。

男取女名

（2005.1）

《康居笔记汇函》中，《范园客话》有《男子名疑为女子者》，《松阴暇笔》有《男子命名似女子者》，《仲可笔记》有《男子名疑为女子》，内容文字并不全同，兹将其最后一则译介如下：

> 男人的名字，有的看起来像女人。《左传》中的石曼姑，《孟子》中的冯妇，《庄子》中的嫣女，《史记·荆轲传》中的徐夫人，《汉书·郊祀志》中的丁夫人，《三国志·陆抗传》中的暨艳，便都是名字像女人的男人。

男女有别，自然之理。片面夸大差别搞性别歧视不对，故意混淆差别，“男人扮女人”，也似乎不必。

外国人名，总是一见或一听便知是男是女。倒是在“严男女之大防”的古代中国，偏有男人取女人的名字。害得拍荆轲刺秦王的影视片，得找个老太太来演徐夫人。拍成片子后，听人说炼“见血封喉匕首”的那位原是男人，忙不迭又得给角色改名姓。

周作人初上文坛，取笔名“萍云女士”“碧萝女士”，不知外国作家有无同例。说这是青年期性心理的一种反应，恐怕不算冤枉了他。至于冰心写《关于女人》时署名“男士”，则只是反串，开开玩笑，与性心理应是无关的。

近读乡前辈周寿昌《思益堂日札》，卷九《名异姓异》一条亦记云，康熙己未翰林有佘艳雪，广东人，谓“其名类闺秀”。至于当代的萧楚女，大家想必都知道，就毋庸提及了。

康半夜

（2005.1）

《康居笔记汇函》中还记述了不少清末民初名人的佚事，如《云尔编》述康有为喜欢深夜出访，便很有趣味：

> 光绪二十四年戊戌，也就是“戊戌变法”那一年，我在京城结识了康有为。
>
> 那时候的康有为是一个大忙人。他常常晚上还驱车四处拜访，车后带着一套铺盖。到了没设客房的人家，谈到夜深疲困时，便打开铺盖，就地休息。
>
> 宋人陈师道在《后山集·丛谈》中讲过“刁半夜”的故事，说是有位姓刁的学士，极喜交游，每到人家，谈论到了半夜还不肯告辞，因此得到这个绰号。戊戌当年的康有为，简直可以称之为康半夜。

陈师道“闭门觅句”，诗做得好，搞政治却非所长。他笔下的“刁半夜”，亦不过文士喜交游，一个夜游神罢了。而康有为却以政治活动为专业，戊戌年组织入京会试的各省举人

“公车上书”，“访客常至夜深”是为了串联发动大家搞维新变法，是为了救中国。

徐珂将康有为、刁学士二人类比，实在有点不伦。不过他这毕竟是出自亲见亲闻的记载，对于研究康有为和戊戌变法的历史，类似这样的细节也还是有价值的。

囊萤映雪

（2005.2）

“囊萤映雪”，说的是古来两个刻苦读书的人，此二人从来被当成模范，教学生照他们的样，努力苦读。

“囊萤”的主人公是一千六百年前的车胤，《晋书·车胤传》说他：

> 家贫不常得油，夏月则练囊盛数十萤火以照书，以夜继日焉。……以寒素博学，知名于世。

“映雪”的主人公则是一千七百年前的孙康，《尚友录》谓其：

> 少好学，家贫无油，于冬月尝映雪读书……后官至御史大夫。

书上这么载着，千馀年来读书人这样传述着。但囊萤映雪真能够代替油灯，在黑夜里照亮书本让人阅读吗？

法布尔在世界名著《昆虫记》中写道：

> (萤火之光)虽然鲜明，照明力却颇微弱。假如拿了一个萤火在一行文字上面移动，黑暗中可以看得出一个个的字母，或者整个的字，假如这并不太长，可是这狭小的地面以外，什么也都看不见了。这样的灯光会得使读者失掉耐性的。

周作人《立春以前·萤火》一文引述了这段法布尔的话，结论是：

> 这囊萤照读成为读书人的美谈，流传很远，大抵从唐朝以后一直传诵下来。不过与上边《昆虫记》的话比较来看，很有点可笑。说是数十萤火，烛光能有几何？即使可用，白天花了工夫去捉，却来晚上用功，岂非徒劳？而且风雨时有，也是无法。

牛皮便算是拆穿了。

“囊萤”我没有实验过，“映雪”却是幼稚地试过的。那还是第四次湘北会战期间，我正读初二，跟学校逃难到大山中，夜自习两人一盏油灯，下自习后必须熄掉。有次弄到一本《儒林外史》急着想看完，便围上围巾站到雪地上的月光下去。虽然有“明月照积雪”映着，小说书上的字却再努力也只能依稀辨识几个笔画简单的，终于无法卒读，只能回宿舍钻进冰冷的被窝做好学生。

可是，像这类美化“模范人物”的“大头天话”，父师拿来教训子弟，却一以贯之地教了几百上千年，从来没有人来揭穿。直到明末才有个“浮白主人”，在他写的笑话书里跟这两尊偶像开过一次玩笑，说的是：

夏天孙康去看车胤，不见车在家读书。问人到哪里去了，家人答道：“去野外捉萤火去了。”

到了冬天，车胤来回看孙康，老远便见孙站在门外，久久地抬着头望天。走拢去问：“为何不读书？”回答是：“今日这个天，不像是个要下雪的样子。”

真使人忍俊不禁。

积千百年之经验，深知欲破坏高高供在神龛上的偶像是徒劳的，说不定还会带来麻烦。所以只有学“浮白主人”，讲讲笑话，无伤大雅，闷在心里的这口鸟气也多少能发泄一点。

吴山秘法

（2005.3）

我喜读笔记，因为它们的内容五花八门，尽可凭兴趣任意挑选着看；文字又大都简短，看完一则不费多少工夫；而且随便翻开哪页都能看，不想看了又随时能够放下。对于并没有做学问的雄心和恒心的我，这的确是最为适宜的读物了。

清朝咸丰年间时，浙江人陆以湉写了部笔记《冷庐杂识》，卷一中有《秘法》一篇，说的是：

杭州吴山上出售各种“秘法”，将法句（口诀）写在纸上，外面固封起来，每条收价一百文。

有人买了三条，外封上分别写的是：“发家致富法”“不醉酒秘法”“除虱断根法”。成交时那卖者还特地嘱咐了一句：“此诀至灵，慎勿浪传人也。”

回到家中，将外封小心拆开一看，原来每条都只写有两个字：

第一条写的是：“勤俭。”

第二条写的是：“早散。”

第三条写的是：“勤捉。”

笔记记到这里，其实已经“到位”。可是作者还要加上了几句，说那位出三百钱买秘法的人“大悔恨，然理不可易，终无能诘难也”。

“理不可易”，就是有道理，驳不倒。本来嘛，“勤俭”必会“发家致富”；酒席“早散”，少饮自然“不醉”；“生虱”只要日夜不停地捉，也有“断根”的时候。吴山上的老神仙一不鬼画符，二不念“太上老君急急如律令”，所宣传的都是“不可易”之“理”，虽不说一句顶一万句，至少一句顶得一句，这的确“无能诘难”，想反对也反对不了。平心而论，比起长毛和义和团天天读的天父天兄圣旨和张天师真言来，这至少总有几个毛笔字，不是纯粹空对空。

问题在于，大道理虽然放之四海而皆准，却代替不了具体的勤俭发家的经验，代替不了醒酒石，甚至代替不了一抹灭虱膏。“老兄弟”听了东王西王代传的圣旨，可以不顾性命冲上前去“杀妖”；日本“皇军”天天读天皇陛下的诏书，读到头脑发昏精神失常，上了战场亦有可能成为不要命的“肉弹三勇士”。但于家常日用中，空洞的大道理却是一文不值的。此人却花了三百文才买得三条，难怪回家拆开一看，要大呼上当，悔恨不已了。

吴山如今叫作城隍山，山下便是红顶商人胡雪岩的纪念馆“胡庆馀堂”。游人爬上山顶，能够同时看到西湖和钱塘江。马二先生于此曾经赞叹道：“真乃载华岳而不重，振河海而不泄，万物载焉。”我亦兴致勃勃地去登临过，马二先生“叫打了十二个钱的饼吃了，略觉有些意思”的蓑衣饼，也想买点来吃吃，却终于没能找到。

成语题匾

（2005.3）

匾，又称匾额，古建筑上是常见的。《冷庐杂识》卷二有一条“匾用成语”，说乾隆年间京城关帝庙挂匾，某亲王府供养的一位文人，是江苏籍贡生，所拟匾上题字用了市民极为熟习的诗篇“天子重英豪，文章教尔曹，万般皆下品，唯有读书高”中的一句：

> 天子重英豪

此五字正合乾隆皇帝想用关羽取代岳飞“武圣”地位的圣意，结果被赏给六品官衔，比得上新科状元例授翰林院修撰的品级了。《冷庐杂识》于此很有感慨，接下去说道：

> 又如仓颉庙题“始制文字”，盘古庙题“人之初”，引用成语皆切当。

其实仓颉、盘古都是传说中人物，就是关公的事迹也大半是小说家言，当不得真，但这些匾上的题字也确实比较“切当”。

匾额和对联一样，都是汉字独有的表现形式。如果做得出色，也算得好文字、好文章。我所见者，新的如自贡恐龙博物馆门首之“祖龙居”，旧的如清代苏州带头罢工被杀的顾姓机匠碑阴的“义无反顾”，更旧的如镇江甘露寺前的“天下第一江山”，都可以加圈，也都可以说是善用成语。

长沙在沿江风光带建“杜甫江阁”，因为杜甫在长沙（潭州）作过几首题为《江阁卧病……》《江阁对雨……》的诗，便定名挂匾，称为“江阁”。这“江阁”却是个普通名词，并非成语。就好像余秋雨写过本《山居笔记》，如果便在余家大门上署曰“山居”，硬把普通名词当作专名，还想让它永远当城市的标志，则只能谓之不通，不足充亮点适足成倒霉的霉点矣。

“杜甫江阁”不仅意思不通，即就事实而言，杜甫到长沙已是他生命的最后几个月，以饥寒之身，处困穷之境，为“乞食”而忙于奔走，又怎有可能在此营造美轮美奂的“江阁”？他最多不过在江边城楼上借住过几晚罢了。古时州郡城楼，本有兼做招待所的，看陆游《老学庵笔记》，诗人黄庭坚不就是死在宜州城楼上的吗？城楼称阁也很自然，长沙不是还有个天心阁吗？

佟国舅讲文艺

（2005. 3）

《啸亭杂录》作者昭梿，嘉庆中袭爵礼亲王，为清朝十位世袭罔替的“铁帽子王”之一。所记贵族世家故事，出于亲见亲闻，与转抄稗贩之说不同，史料价值早有定评，其中记事出色者，如卷七之记佟国舅。

佟国舅大名佟国维，为写康熙的戏文小说中必会出场的角色。他既是皇帝的舅舅，又是皇后的爸爸，历任领侍卫内大臣、议政大臣，位高权重。《啸亭杂录》却说他：

> 不以揽权为要，暇时惟延学士讲文艺以为乐。

国舅“讲文艺”，是如何讲的呢？《左传》记齐桓公伐楚，楚子使与师言曰：

> 君处北海，寡人处南海，唯是风马牛不相及也；不虞君之涉吾地也，何故？

稍微读过点古书的人，大概都读过这篇文章，都会懂得“风马牛”的意思，佟国舅却是这样讲的：

> 左丘明之文果神妙，世间有疯马牛共驰之，焉能相及也。

于是“人皆捧腹”了，自然只能偷着乐，当了面谁都不敢。

明明大权独揽，偏装出“不以揽权为要”的样子。还要找一班“学士”来帮闲凑趣，以显示自己不仅“善于领导”，还很会“讲文艺”。可惜一遇“风马牛”，不学无术的原形就毕露了。

最要命的是，《啸亭杂录》早就有了英文译本，白纸黑字，流传西方，造成了国际影响。

卧碑

（2005. 3）

民国以前，各府各县都有学宫，它和文庙在一起，“大成殿”旁即“明伦堂”，为生员（秀才）听讲场所。堂前立有一块卧碑（普通的碑窄而高，是“立”着的，此则宽而矮，是“卧”着的），上刻晓谕生员的文告十三条。明代六条颁行于洪武十五年，清代补充七条颁行于顺治九年。现据商衍鎏《清代科举考试述录》将明代的头两条抄录如下：

国家明经取士，说书者以宋儒传注为宗，行文者以典实纯正为尚。今后务将颁降“四书五经”……课令生徒诵习讲解。其有剽窃异端邪说，炫奇立异者，文虽工弗录。

天下利病，诸人皆许直言，惟生员不许。……其事不干己，辄便出入衙门，以“行止有亏”革退。若纠众扛帮，骂詈官长，为首者问遣，尽革为民。

第一条的意思是，读书只能读“四书五经”，而且只能按照程朱的“传注”来理解发挥；如果接受了“异端邪说”，文章作得再好，也不予取录。

第二条的意思是，读书只能读死书，绝不能“言天下利病”即议论国家政治；若敢到政府机关找麻烦，立即革掉秀才；聚众闹事则要充军问罪，至少也要贬为老百姓。

清朝又加了三条：

> 生员当爱身忍性，凡有司衙门，不可轻入，即有切己之事，止许家人代告。

> 为学当尊敬先生，若讲说皆须诚心听受。……军民一切利病，不许生员上书陈言，如有一言建白，以违制论，黜革治罪。

> 生员不许纠党多人，立盟结社。……所作文字，不许妄行刊刻，违者听提调官治罪。

更加强调不许过问政治，不许找政府的麻烦，集会结社自由和言论出版自由，更加被视为洪水猛兽。

谁说古时候没有政治教育，没有“报禁”和“党禁”，思想更加自由呢？这块卧碑不明明立在明伦堂前吗？

“一·二八”时骂胡适，说他劝学生要安心读书莫上街游行，是帮蒋介石镇压学生运动。其实胡适只不赞成学生“纠众扛帮，骂詈官长”，并不反对“言天下利病”也就是批评国家政治，也不曾“黜革”过学生，更不要说将其“治罪”了。看来，洋博士比起土皇帝来，还是多了些宽容，讲一点民主的。

豪奴张凤阳

（2005. 4）

何谓豪奴？豪奴者，强势霸道的奴才也。奴才乃主子之仆隶，本来应该是弱势驯顺的，而居然强势霸道，其中必有缘故。

康熙前期，正黄旗出身的索额图、明珠二相掌权，据《啸亭杂录》记载，当时北京官场上流传着这样三句话：

> 要做官，问索三（索额图）；
> 要讲情，问老明（明珠）；
> 其任之暂与长，问张凤阳。

张凤阳是谁呢？原来只是礼亲王府一名包衣也就是家奴，其权势却可与索、明二相相提并论，真可谓豪奴。

《杂录》所记张凤阳飞扬跋扈的事例，如某次他闲坐城门口，适逢某省抚台入京，卫队呼其起立，他生气了："什么鸡巴官，对我耍威风。"不到一个月，这位抚台就被参了。

张凤阳"交结戚里言路，专擅六部权势"，达官贵人都怕得罪他。"纳兰太傅（即明珠）、高江村（大名人高士奇）等款待宾客，凤阳裼裘露顶，忝踞上位”，简直跻身最上层，众皆侧目。

势力越大越得意忘形，弄到后来，张凤阳的威风居然要到了自家主人礼亲王的亲家头上，这才闯下大祸，送掉了自己一条命。作者述云：

先外祖董鄂公见罪于凤阳，凤阳即率其徒入外祖宅，拆毁堂庑。外祖公奔告(先)王，王燕见仁皇帝(康熙)时，遂免冠奏。上曰：“汝家人，可自治之。”王归，呼凤阳至，立毙杖下。未逾时而孝惠章皇后之懿旨至，命免凤阳罪，已无及矣。都人悦，咸感王惠焉。

皇上刚说要惩治，皇太后随即就颁旨赦免，其本领可谓“通天”。可见豪奴之所以能豪，完全是主子纵容出来的。而张凤阳终不免“立毙杖下”，又可见豪奴不管多豪，仍然是奴，在社会上横行也许呒啥，若不小心得罪了真正的主人，那就真正该死了。

拖船过城墙

（2005.4）

笔记文的特点是短，靠它挣稿费无法糊口，好在古时的文人并不靠卖文吃饭。而《啸亭杂录》的作者昭梿家世显赫，本人便是铁帽子亲王，更无须看别人脸色，他记录皇室、贵族、朝廷、京师的事实当然可靠。《续录》卷四《海司空》条，说的便是乾隆皇帝弘历为了给孝贤皇后治丧，强令“运舟入京”的一桩怪事。

船行水，车行陆，自古皆然。乾隆却要将船拖上岸，拖过城墙，一直拖入皇宫大内。因为这船上载着皇后的灵柩，不允许欹侧，更不允许竖起来，所以无法过城门洞（烧掉两扇城门也不行）。于是只好搭起一座跨过城墙的高架，在高架的斜面上铺垫大量菜叶，再调集人力来拖，硬将船从斜面上拖着翻过城墙。原文云：

> （孝贤纯皇后）崩于德州舟次，上命运舟入京，焚毁城门，隘不容入。公（工部尚书海望）命造架堞上，以菜叶铺垫，千夫维挽，舟借其柔滑而入。

孝贤纯皇后是弘历为皇子时的嫡福晋，乾隆二年被册立为皇后。乾隆十三年二月，皇帝奉皇太后东巡，皇后同行，三月初在济南发病，十一日回京途中于德州船上逝世。乾隆对这位“二十二载伉俪相得”的“原配”表现得很深情，“运舟入京”是为了给她隆重治丧。隆重的程度，可以从下面两件事情上看出：一件是刑部尚书盛安，因为对大丧百日内违犯规定剃头的人没有判处斩立决，他本人即被判斩立决；二件是大阿哥永璜和三阿哥永璋（均非皇后亲生），因为“哀戚之情”表现得不够，都被宣布为“断不可继承大统”，剥夺了皇位继承权。

哪位阿哥是否继承大统，哪位高官是否判斩立决，小民们本来无权过问，自然也就不会关心，顶多看看热闹。可皇上为了寄托哀思，废接班人杀大干部也还罢了，却硬要水里的船上岸“陆行”，还要它翻过城墙进皇宫，不要说“千夫维挽”累死人，就是被派去铺垫菜叶子，还得勉强扮出一副如丧考妣的哭丧相，小民们也就够受的了。

一个人的喜怒，能决定千万人的苦乐，说专制独裁要不得，道理就在这里。

从前的流行色

（2005.4）

几年前见有期刊名叫“流行色”，觉得新鲜。其实自从人们开始讲究穿着以来，各个时期都有各个时期的流行色，不过当时未必那么叫，后来未必人人都知道。

《啸亭续录》卷三有一则谈清初服饰沿革：

> 色料初尚天蓝，乾隆中尚玫瑰紫，末年福文襄王(福康安)好着深绛色，人争效之，谓之“福色”。近年尚泥金色，又尚浅灰色，夏日纱服皆尚棕色，无贵贱皆服之。亵服初尚白色，近日尚玉色。又有油绿色，国初皆衣之……纯皇帝(乾隆)恶其黯然近青色，禁之，近世无知者矣。

这里讲的是三百年前的事情，从中可以看出两个问题，一是名人能引起流行，二是政治也能影响流行。但是穿着时尚毕竟属于人们的日常生活，是一种社会现象；政治则只能影响于一时，并不能够长久。《续录》卷四中另一条便说到，近年优伶衣服又流行油绿色，“亵衣无不用之”了。

流行的趋向，本来是从娼优艺人到小姐少爷，再到太太老爷。优伶们“无不用之”，士大夫自会习而效之，于是乾隆时禁止，嘉庆时又绿了起来。社会习俗和群众心理的力量，的确要比统治者的力量久远得多广大得多。

古时行繁琐的“礼制”，什么品级着什么颜色，都有严格的规定。这也是一种政治行为，违背了普遍的人性。正如一九四九、一九五〇年后全国一片制服灰，一九六六、一九六七年后全国一片军装绿一样，其不能长久也是必然的。

写声音

(2005.4)

古人写声音，要算“大块噫气”写得最好，《秋声赋》不怎么样，倒是舒白香《游山日记》嘉庆九年七月廿八日所记一节简洁而有情趣：

> 天籁又作。此山不闻风声日盖少；泉声则雨霁便止，不易得。昼间蝉声，松声，远林际画眉鸟声；朝暮则老僧梵呗声和吾书声；比来静夜风止，则唯闻蟋蟀声耳。

还有龚巢林《笔谈》中一则：

> 夜泊燕子矶，闻邻舟有吟诗者，酸腔聒耳。桓重谓予，当歌以乱之，遂申喉发调，予吹笛以和，风涛锵激，不复闻邻舟咿哦声矣。

也使人觉得有味。而《冷庐杂识》卷四有一则，介绍山阴朱瓣香尝于秋夜枕上戏咏“声”字，用独木桥体(即每句末字相同)作

《醉太平》词十二解，谓其“殊有别情”，我也很欣赏，兹抄录如下：

高槐怒声，修篁恨声，萧骚叶堕阶声，破窗儿纸声。
沉沉鼓声，寥寥磬声，小楼横笛声声，接长街柝声。
邻猧吠声，池鱼跃声，啾啾独鸟栖声，竹笼鹅鸭声。
虫娘络声，狸奴赶声，墙根蟋蟀吟声，又空梁鼠声。
重门唤声，层楼应声，村夫被酒归声，听双扉阖声。
兰窗剪声，芸窗读声，孀闺少妇吞声，杂儿啼乳声。
喁喁昵声，喃喃梦声，咿唔小女娇声，有耶娘惜声。
盘珠算声，机丝织声，松风隐隐涛声，是茶炉沸声。
风鸣瓦声，人离坐声，窗盘叩响连声，想残烟管声。
床钩触声，窗镮荡声，檐前玉马飞声，似丁当珮声。
空堂飒声，虚廊䬍声，花阴湿土虫声，作爬沙蟹声。
遥声近声，长声短声，孤衾挨到鸡声，盼晨钟寺声。

活在城市里，天天为噪声所苦。这十二节《醉太平》词，一口气写了四十八种声音，给人的感觉却是清冷和萧寂，古今的生活真是大不相同也。

挽口和挽手

（2005.6）

明朝有个宦官刘若愚，著有《酌中志》一书，中云：

内臣又好吃牛驴不典之物，曰“挽口”者，则牝具也；曰“挽手”者，则牡具也；又“羊白腰”者，则外肾卵也。至于白牡马之卵，尤为珍奇，曰“龙卵”焉。

牛驴的牝具（阴户）和牡具（阴茎），由结缔组织和海绵体形成，是根本无法炖烂或炒脆来吃的，却成了宦官们的美味佳肴。如果不是由宦官自己纸写笔载出来，恐怕没有人会相信。

刘若愚本是读书子弟，父兄去世后“感异梦而自宫”，才做了宦官，与从小养成者不同，由生理残毁导致的心理变态没那么严重。所以《酌中志》对宦官的生活，能够持自我批评的态度，并不隐讳阴暗反常的东西，说他们：

饱食逸居，无所事事，多寝寐不甘。又须三五成朋，饮酒掷骰，看纸牌，耍骨牌，下棋打双陆，至三四更始散，方睡得着也。又有独自吃酒肉不下者，亦如前约聚，轮流办东，帮凑饮啖。所谈笑者，概鄙俚不堪之事。多有醉后争忿，小则骂打童仆以迁怒；大则变脸挥拳，将祖宗父母互相唤骂，为求胜之资。然亦易得和解，磕过几个头，流下几眼泪，即欢畅如初也。

这岂不是活生生一幅稚幼化痴呆症患者的行乐图吗？

宦官被割去睾丸和阴茎，完全丧失了性功能，因此特别艳羡巨大的阴茎和睾丸，将其视为最好的补品和食品。这完全是一种性心理的变态，任何一个正常和健康的人，对此无论如何不会不厌恶和反感。

宦官的来源，最初多是奴隶和罪孥，本也可怜；后来加上穷人家出卖的幼童，更使人惨伤。但人性既被戕贼，人格久经扭曲，不健全的身心便难以造成美善，却易于演出丑恶了。所以我对于宦官从来没有什么好感，刘瑾、魏忠贤、安德海、李莲英无论矣，即使是蔡伦与郑和，也觉得他们不过人比较能干，分管过一点皇上交办的事情，本人并非实际操作者，更非创造者，造纸和航海的功劳也不该记在他们名下。几千年历史，亿万计先民，何必硬要认阉人当祖宗，将其供奉在香烟缭绕的神龛上呢？在外国人面前，这也未见得是什么光彩的事呀！

这里要申明一点，我厌恶宦官，只是厌恶那些以“净身”而“进身”，专门充当皇室家奴，为帝王及其妾妇服务的阉人。如果这阉人真有才能，进而参预起军国大事来，成了魏忠贤之流，那就更加不得了。至于像司马迁那样因思想政治原因受刑的，当然不在其内。还有《不列颠百科全书》所记，为了避免性诱惑而自动阉割的基督徒，亦当别论。他们虽然同样失去了器官，却早已形成正常的人格，无论如何总不会朝思暮想着去寻求“挽口”和“挽手”来吃的吧。

五人之墓

（2005. 7）

读周作人介绍《清嘉录》的文章，便记得了顾禄（铁卿）的名字，后来又见到了他的另一种记苏州风土的笔记《桐桥倚棹录》。顾颉刚说，《清嘉录》有日本翻刻本，求索易得；《桐桥倚棹录》则“刻版十馀年后即遭兵燹，流传至寡”。又说“此书最佳部分为市廛、工作、园圃诸部，足见当时苏州商业、手工业及园艺业之情况”。我却以为，其“冢墓”部分不像别个风流自赏的苏州文人那样津津乐道真娘、徐兰等名妓的“旧埋香处”，而着重介绍了明末带头闹事被杀掉的“五人之墓”，这一点倒是更为难得。

在山塘，墓基即普惠生祠，毛一鹭所建以媚珰者。

山塘位于去虎丘的路旁，历来为苏州胜地，普惠生祠是为了拍魏忠贤马屁而建的纪念堂，毛一鹭则是捕杀五人的苏州巡抚。明朝天启年间，魏忠贤擅权，大肆诛逐忠良，派特务来苏州逮捕“有德于乡”的周顺昌。苏人大愤，“不期而集者数万，咸执香为周吏部请命”。和平请愿受到了武力威吓，遂激化成暴力冲突，一名特务被当场打死，毛一鹭狼狈躲入茅坑才免遭群殴。事后捕杀“倡乱者”五人，都是“人皆得以隶使之”的下层群众。五人则自云“我等好义，非为乱也”，“意气扬扬，谈笑以死”。

魏忠贤辈残酷杀害“好义”而“非为乱”的五人，在广大市民和士大夫中失尽了人心，正好助长了李自成张献忠们“为乱”。五人被斩首，当时便有人“哀之，捐金得首，合其尸敛葬”。两年后皇帝一死，魏忠贤完蛋，生祠被拆掉成了五人的新墓址。此处后人题咏极多，《桐桥倚棹录》刊载了蒋士铨、舒位、赵翼诸人的题诗，都写得不错。但我觉得顶好的还是李福的这几句：

> 五人奋臂呼，万人并力赴，击死缇骑走一鹭。
> 人生快意亦自足，延颈怡然就显戮。
> 今日英魂同聚处，曩时普惠生祠屋。
> 虎丘塘，七里长。
> 花市丛中三尺土，五人名姓千秋香。

如今的苏州游记，多把苏州人写成软语吴侬，名胜也只讲几处园林，“五人之墓”很少被提起，连《古文观止》压卷的《五人墓碑记》也没谁选读了。难道说在黑暗腐朽透顶的专制统治下聚众闹事，到如今还是“不可说不可说”的吗？

隔“五人之墓”不远处，还有一座顾义士墓，埋的是一位清朝带头罢工被杀的织工顾某，碑阴题有四个字：

义无反顾

二十多年前去苏州，好不容易寻到了“五人之墓”，凭吊时发现了附近这座碑，在这四个字前又默立了许久。

阳春白雪

（2005.9）

《思益堂日札》卷五云，“事有古人误用，后人承用之不觉者”，举“阳春白雪”为例。原来《新序》中宋玉对楚王说的是：

> 阳陵采薇，和者数百人；阳春白雪，和者数十人；引商刻角，杂以流徵，和者不过数人。曲弥高，和弥寡。

这里曲高和寡的，明明是“引商刻角流徵之音”。《后汉书·黄琼传》却偏要说，“阳春之曲，和者必寡”，从此后人便把“阳春白雪”作为曲高和寡的代表了。

宋玉的话，《楚辞》所述，比《新序》还多出了一个“下里巴人”，据说一唱此曲，“国中属而和者数千人”；接下来才是阳阿薤露（阳陵采薇）和者数百，阳春白雪和者数十，引商刻羽（角）杂以流徵，则“不过数人而已”。这一头一尾，便是通俗流行与曲高和寡两个极端。“阳春白雪”处在其中，虽比不上“下里巴人”数千人那样热闹，却也不如“引商刻羽（角）流徵之音”只有几个人能和那样冷清。

问题就出在《后汉书》作者误用“阳春白雪”代替了“引商刻羽(角)流徵之音”，本来前者的“和者”也就是知音是后者的十倍，要比“曲高和寡”是无论如何比不上后者的。无奈谬误一经群众接受，便会牢不可破。唐宋元明清一路下来，读书人都跟着这么说。读过《楚辞》和《新序》的人，也懒得拿起书来查一查，对一对，想一想。尤其是延安文艺座谈会开过以后,“现在是‘阳春白雪’和‘下里巴人’统一的问题”成为共识，全民皆知，连权威的《汉语大词典》也说，阳春白雪“喻指高深典雅、不够通俗易懂的文艺作品”了。

伊文思教授在《荒唐思想的自然史》一书中写道:“世上没有比谬误更强有力的东西了。”说得真对啊!

鸳鸯牒

（2005.9）

旧说夫妻姻缘前生注定，姓名都注明在册页上，这册页称鸳鸯牒。

清朝康熙年间，歙县程羽文作游戏文章，写了篇《鸳鸯牒》，开列古来著名女子婚姻“彰彰缺陷者”三十六人，“各下一牒”，另择佳偶，“为千古九原吐气”，自序首引明人谭友夏(元春)之言，云：

> 古今多少才子佳人，被愚拗父母扳住，不能成对，赍情而死，乃悟文君奔相如是上上妙策。

赞扬男女恋爱自由结合“是上上妙策”，斥责父母包办儿女婚姻为无知“愚拗”，这在当时可谓惊世骇俗。它同情“困此驽庸”的朱淑真和“贻羞牙侩”的李清照，下牒时，让朱在苏轼、秦观等词人中任选“绮舌交酬，锦肠不断”的对象，让李择米芾、陆游等爱好文物的文人一位再婚，“以金石剩录，乐此桑榆”。这些都能使人会心一笑，游戏文章的目的也就达到了。它还为被元稹负心抛弃的崔莺莺抱不平，下牒说她：

宜身配韩致光、李义山，以香奁西昆诸艳笔，貌其柔柔款款。百世而下，又神配董解元、王实甫、关汉卿，谢其写照摹情，令当时薄幸微之羞死。

也使人觉得解气。还有第九牒：

甄后玉固有香，花亦解语；无奈雨妒风狂，塘上一行，字字沉痛。宜夺配陈思王，慰此洛神痴赋，蒲生怨诗。

曹家兄弟之间的事情和周家兄弟之间的事情一样，不好讲。但《洛神赋》写出了一个美丽的传说，让后世无数痴男怨女满怀惆怅总是真的。“夺配”的“夺”字似乎狠了些，好在哥哥做了皇帝，后宫佳丽三千，少一个也旡啥吧。

程羽文作《鸳鸯牒》，于“严男女之大防”的窒息中引起点笑声，无论是会心的笑还是解气的笑，对专制统治都会起到一点反讽的作用，我以为是很好的，乐见其作，故为介绍。《鸳鸯牒》全文见《檀几丛书》二集卷三十三，有影印本，很好找。

骂鸳鸯牒的人

（2005.9）

刘体信（声木）《苌楚斋随笔》，对一篇游戏文章《鸳鸯牒》上纲上线大肆攻击，说它：

> 以王昭君配苏武，以班昭配郑康成……虽古之贤人不免侮辱。又以魏甄后配曹植，以辽萧后配李煜……是帝王妃后亦遭轻薄，且乱伦。其自序引谭元春之说……乃悟文君奔相如是上上妙策，云云。此等伤风败俗之语，若出于口，人人唾骂，不谓竟有敢笔之于书，更出而问世。其倡乱导淫，有司当诛其人，火其书，庐其居，以保存名教。

居然要“诛其人，火其书，庐其居”，真是“恶之欲其死”了。

刘体信认为该死的，并不止写《鸳鸯牒》的程羽文，还有编辑出版者和引文的作者。在《苌楚斋随笔》卷四《论程羽文鸳鸯牒》一节中，他接着继续攻击怒骂：

> 王晫、张潮同编《檀几丛书》，更为收入，皆不知其名

> 教何在，廉耻何往。明季遭屠隆、桑悦、陈继儒、祝允明、李贽、锺惺、谭元春等狂徒……其流毒……比之张献忠、李自成奚啻千万倍；不待张李作乱，明季之人，心亡久矣，虽欲天下不亡得乎？……其人更可诛，其书更可烧矣。

“更可诛”，“更可烧”，对一篇不到两千字的游戏文章如此咬牙切齿，不共戴天，只是为了“保存名教”。因为这篇文章赞文君奔相如肯定了一女嫁二夫，以甄后配曹植使帝王后妃遭轻薄，这便有违名教坏了纲常，流毒比“张李作乱”更可怕——刘体信就是这样想、这样写的。

现代的我们，当然不会同意这种坚决捍卫专制宗法社会“三纲五常”的观点。

《苌楚斋随笔》充满了此类陈腐的说教。《三笔》卷五“赵鼎彝殉难大节”，居然热情歌颂一位辛亥武昌起义后“悲愤不欲生，勺饮不入于口者三日，旋于十月十九日走出……赫然投环死，面北向，若望阙以示志”的江阴赵秀才，并大发议论：

> 我朝养士二百馀年……及其末造，纲常名教已扫地无馀，宜乎宗社为墟，而高爵厚禄者又复弹冠相庆。不谓成仁取义孤忠劲节震耀千古，乃在僻居江表仅入邑庠之赵茂才。

刘体信为清四川总督刘秉璋之子，自己在清朝为四品官，正属“高爵厚禄者”。他却没有像赵秀才般投环自尽，而且再经国变后还当上了文史馆员，活到一九五九年才死。以这样的人来怒骂《鸳鸯牒》，便是我乐见《鸳鸯牒》，为它写出这两则小文的缘故了。

官越多越腐败

（2005.10）

《道咸以来朝野杂记》的作者崇彝，为咸丰戊午“顺天乡试科场案”被斩（后又平反）的大学士柏葰之孙，出身八旗世家。著名历史学家邓之诚谓其书“字字珍秘，皆亲见亲闻”，“当今无第二手”，评价极高。

书中记述了当时国家机关设官过多、浮冗腐败的情形，如“总管内务府大臣定制六缺”，安排的全是皇室宗亲、满蒙贵族，公事都由五品的“郎中”们办，“各堂（正副主官）端拱无为而已”。光绪中叶的六位大臣是福锟（曾任中堂）、嵩申、师曾（本姓田）、巴克坦布、崇光（本姓金）和文琳，于是流传出这样一首调侃他们的歌谣：

嵩不知，巴不管，
胡（福）涂中堂填（田）不满。
禁（金）不住，肩臂软，
末后跟着文四眼（文琳近视戴眼镜）。

不知，不管，肩臂软，跟着走，都是官多不做事的表现，填不满则是贪得无厌到处伸手，为害更大了。

官多不做事，游乐饮宴于是盛行：

> 又各主酒会，最盛者有湘军、树军两会。湘军者，宝湘石（棻，户部司官）为盟主，凡入会者，必以能立饮二十五碗为限（二十五大杯，盖三斤左右），否则不得加入。……二军较量时，各据五十斤绍酒一坛，必灌尽对垒者，彼军亦必不示弱，所以有达旦之饮，甚矣沉湎也。
>
> …………
>
> 宴会酒席中食品多者至五十馀种，盖开筵以二十品侑酒……首荐以八宝果羹或蒸莲子（皆用大海碗），次之以燕窠，又加之以鱼翅，中加烧烤者为最上等（即烧整猪、整鸭片上）……大件凡五簋，中碗炒菜亦八味（谓之小炒）。中间以点心三道，皆每人一份，谓之各吃。一甜点心，二奶点心（多以厚奶皮实于小碗中，自以蜜果拌之），三荤点心（如饺子、春卷类），最末以四大汤菜、四炒菜为殿，冬日尚加以十锦火锅，亦云侈矣。

吃饱喝足后，则征歌选舞，玩戏玩票。理藩院韩季长所创票房，张之万当政时最为欣赏，“因之各大员及各名流多附和之……各家每逢生日或喜庆事，无不以演此为荣，因之哄动九城矣”。玩够了还动真格的，“当时西城妓女（即口袋底）有大、小玉凤二人为有名，其后大者归胜克斋，小者归徵蓉塘，予犹及见之”。南书房(称南斋)翰林供奉是最清贵的官职，徐颂阁入南斋几四十年，官做到协办内阁大学士、礼部尚书、兼管国子监事务，都很少去管事，人称他：

阁、部、监、斋，处处不到；
酒、色、财、气，种种俱全。

资深翰林尚如此，其他官员更不用说了。

总之，机构越大，职位越多，认真办事的人便会越少，懒散奢靡的风气也会越加严重。官越多越腐败，这就是专制政治的铁律。

沈万三的哥哥

（2005.10）

沈万三和“聚宝盆”的故事，几百年来一直在民间流传，近年来电视片一拍，说起的人更多。沈万三的哥哥沈万二的故事，却知之者极少，我也是在看了清人张紫琳所作笔记《红兰逸乘》以后，才知道一点。

朱元璋做皇帝时，沈万三早已是江南巨富，天下闻名。他对朱家王朝尽力“贡献”，后来仍不免被没收财产，充军云南。这说明资本在极权统治下其实只是一头待宰的牛羊，命运完全掌握在执政者手里，问题只在于迟杀早杀，养到膘厚肥多再杀而已。

沈万三的哥哥沈万二，结果却比弟弟要好得多。据《红兰逸乘》卷一“古迹”部分介绍：乾隆五十一年，苏州葑门外发现了一座坟，碑云“吴兴沈万二之墓”。农民们认为这是沈万三哥哥的坟，一定有宝物陪葬，将它掘开，发现墓穴大如三开间，薄棺之外却别无他物，便重新将其掩埋了。《红兰逸乘》作者张紫琳是当时当地人，闻讯后查太仓嘉定县志，得知沈万二名真一，也是大富翁。洪武初年，有人从京城来，他问有何见闻。来人告诉他，皇帝最近做了首诗：

百僚未起朕先起，百僚已睡朕未睡；不如江南富足翁，日高五丈犹披被。

他听后吃惊道："看来皇上对江南富人很不满意，我们早晚会遭殃，得赶快设法退避。"于是将产业交给别人经营，自己带着家眷离家出游。果然不出两年，朝廷开始打击巨商大贾，江南富豪连他弟弟万三在内，都被没收财产，发配充军，他却得以幸免，平安到老。死后入土，他也不以财货陪葬，免得盗墓贼开棺取财，尸骸暴露。于是张紫琳发感慨道：

嘻！象以齿焚，翠以羽戕，万二智胜万三远矣。

商人并不问政，也不舞文，却能从皇帝一首诗中看出杀机，忙寻退路，沈万二的敏感性和理解力确实不低。

至于沈万三，比起哥哥来就差得远了，虽然积极响应号召到南京投资建房一千六百五十四楹，开酒楼四座（为了繁荣市面吧），还捐修了从洪武门到水西门的城墙，结果还是抄了家被遣送云南，须知当时云南乃"极远烟瘴之地"，可没有修高速公路开放旅游啊。

朱元璋统治下，并未禁止经商发财，但即使成了财主，也还是做不得主，不仅做不了国家大事的主，也做不了自己的主。万二比万三强的地方，便是及早看清了这一点。他能够关心京城的动态和皇上的想法，及时趋吉避凶，这可不是谁都做得到的。

沈万二从皇帝诗中知机的事，《客座新闻》也有记载，诗句只有第三句微有不同，作“何如江南富足翁”，却没说万二是万三的哥哥。《天禄识馀》则写了个沈万三的弟弟万四，也做过一首诗，却是讽喻万三的：

> 锦衣玉食非为福，檀板金樽可罢休；何事子孙长久计，瓦盆盛酒木棉裘。

沈万二尤其是沈万四这一兄一弟的故事，也有可能是有心人附会编造的，至少难免有渲染夸大的成分；但传于众口，见诸文字，也是社会心理的一种反映吧。

假字画难识别

（2005. 11）

杨度从捧袁世凯做皇帝到入共产党搞情报，一直是个热中的人。他的弟弟杨钧却是一位纯粹的文士，尤以书画鉴赏见长，所著《草堂之灵》书中，好几次谈到书画造假辨别不易：

> 沈石田晚年收买己画，伪者亦收之，莫能辨也。可见赏鉴亦非易事，己作尚不能定，而况他人乎？而况不能数见之古人乎？

> 何蝯翁于裱店见钱南园字，徘徊良久，甚为赞许，即与以六十金，令其速装。后加细审，竟为赝迹，惭愤交至，寸裂投字篓中。名人失足，便成笑柄。

沈石田即明代大画家沈周，何蝯翁即清朝大书法家何绍基，他们都难于辨别字画真假，不仅无法分清别人的，也无法分清自己的，可见“赏鉴亦非易事”，谁都没有不“失足”的把握。

最有趣的是“记房山”一条。房山即元人高克恭，是和赵孟頫齐名的大画家，所作《春云晓霭图》，《江村销夏录》曾予著录。辛亥以后，李梅庵署名“清道人”在上海鬻书作画，名重一时，偶然发现了一幅《春云晓霭图》，以为是见诸著录的真迹，遂购以入藏。杨钧见影印本后，觉得笔法稚弱，布局不当，似非原本。在长沙与叶德辉讨论，叶遂告知此事本末：乾隆年间苏州王氏以四百金得《春云晓霭图》，由裱工张姓以白金五两买旧纸半张，裁而为二，以十金属翟某临成二幅，又以十金属郑某摹其款印，一归毕涧飞，一归陈右铭，梅庵所得即毕涧飞本，皆所亲睹云云。

李梅庵名瑞清，清末做过江苏藩台，办过两江师范（即前中央大学、如今南京大学的前身），清亡后着道士装，称“清道人”，为民国初年海上第一书画名家，居然也将临摹本看成真迹。杨钧于是知“古今人所谓巨眼者，亦未必尽可靠也”。但梅庵死后，友人为营葬事，出售此画，因其名见著录，又经名家收藏，仍然卖得了数千银圆，《草堂之灵》文末遂云：“伪房山不负真梅庵矣！”半是调侃，半是感叹。

如今书画拍卖盛行，许多有点“名气”的书画家都成了“所谓巨眼”，被请了去“鉴定”，而“一经品题，身价十倍”的例子也不少。其实“赏鉴亦非易事”，尤其是“赏鉴”成为商业行为后，其中的“水分”更不知增加了多少倍。

秦桧的子孙

（2005.11）

商衍鎏《清代科举考试述录》中说到，雍正十一年殿试，大学士张廷玉之子被钦点为一甲第三名。廷玉辞让道：考试三年一科，全国秀才几十万，乡试中举的只有一千多名；各省各科几千举人入京会试，取中进士的只三百多名；一甲“虽拔于三百馀人中，实天下数十万士子所想望不得者”；大臣之子不应与寒士争，愿退居二甲。

引述这节话，不是为了表扬张廷玉，而是为了说明考上一甲之难；考中一甲第一名状元则尤难，因为概率只有几十万分之一。虽然状元的才学能否真居第一是另一问题，但状元则确实是稀罕的。清朝二百六十八年中，湖南一省只出过两个状元；一家人中出两个状元的，全国也只有江苏的彭定求（康熙丙辰）彭启丰（雍正丁未）祖孙，父子状元更为少见。

《苌楚斋随笔》卷一云：

> 父子俱得状元者，千古罕见，亦科名之佳话。唯南宋秦桧及其子熺均系状元，后人恶秦桧之奸，且羞称之，遂

至湮没不传。

秦桧是江宁(今南京)人，南京城内有秦状元巷，这个地名，倒是不曾湮没。《随笔》又云：

> 秦桧曾孙钜，通判蕲州，金人犯境，与郡守李诚之竭力捍战。城破，钜率兵巷战，复归署自焚死，子浚潬皆死。后人亦因秦桧故，卒无称之者。

父子状元，千古佳话，因为是奸臣，遂“无称之者”，可见国人是非观念之强，也是爱国主义的表现。但秦钜却是抗金而死的，还带上了两个儿子。奸臣绝了后，爱国者该大快于心了；这父子三人“满门忠烈”，却“湮没无闻”，所得待遇似不够公平。“可以教育好的子女”(对于秦钜来说，该是“可以教育好的曾孙”了)的政策，真有点难于贯彻执行啊！

晚清有此警官 （2005. 11）

中国警察开办于光绪辛丑(一九〇一)年间。在最早的高级警官中，留下了好名声的，毓朗恐怕算得上一个。其执法不避权贵，尤为难得。

十丈愁城主人撰《述德笔记》“专为表彰毓朗而作”，“所记动关政史，治国闻者所宜览观”（徐一士语），兹介绍其禁赌之一二事，以见一斑。

建警之前，京师治安归步军统领和巡城御史管，负责缉查包括赌博斗殴在内的一切违禁不法之事。自从庚子年义和团、八国联军先后入京，社会秩序乱了，社会风气坏了，“强有力者以设赌庇匪为荣”，衙门都不敢管。一九〇二年毓朗当上了工巡局(警察厅)总监：

> 乃自访聚赌处，饬分局总办自往抄之。……有溥十者，某贝子之子也，有设赌庇匪之事，弹劾之，囚于宗人府一年。

贝子是皇室宗亲，天潢贵胄，地位仅次于亲王、郡王和贝勒。毓朗敢将贝子爷的儿子抓起来关上一年，很不简单。

同一年，清政府遵照辛丑和约，修建“克林德坊”，这项国耻大工程成了官商大肥肉，由本领通天的奸商高尚仁承修。此人得意忘形，纵容手下人在通衢大道的工地上开赌。警察前往缉拿，赌徒自恃有高尚仁在场，猖狂抗法，殴警致伤。警厅于是拘押了高，可是很快便接到内务府奉宸苑（专门为太后、皇帝服务的衙门)来文，令将其释放。来文一开头就是：

> 承修慈禧端佑康颐昭豫庄诚寿恭钦献皇太后仪鸾殿钦命要工商人高尚仁……

后面还列出了庆亲王、大学士某某等十多个头衔。毓朗却不为所动，正色道:“这是市井无赖走后门托关系弄来的，妄图假借权威，违法而不受罚；如果让这种惯技得逞，地方上怎能安静。”即将高提至公堂，指着来文对他说：“袭警之事，详细情形明天再问；你胆敢诈传文书制造假证，先该杖责。”重打了他一顿。

这里须得另行说明：《大清律》定的刑罚，本有笞(小竹板)、杖(大竹板)、徒(一至三年)、流(无期)、死五种。又有规定：笞、杖可由治安主管定夺施行，徒刑以上则移交刑部判处。当时尚未改行新律，毓朗杖责高尚仁，正如包公铡陈世美，都属于正常执法。据说新加坡现在还保留了鞭刑，皮鞭抽在赤裸的背上，恐怕比板子打屁股更痛。

奉宸苑的文书，当然不等于圣旨。但首先就将慈禧皇太后的“圣讳”捧了出来，如果是先意承旨热心巴结的人，岂不是表示效忠的大好机会，还有不立即照办的吗？可是毓朗却将其搁在一旁，高尚仁的屁股照打不误。这就说明，在毓朗心目中，至高无上的只有法律，而不是别的什么东西，这正是一位警官最可贵的品质。

屎戳子

（2005. 12）

今人写作很少自称“笔记”，但有些不说大话多记小事的文字，如《万象》连载的《安持人物琐忆》和《花生文库》所收的《齐如山回忆录》，在我眼里也就是今之笔记。

《齐如山回忆录》有两则关于拉屎的记述，这是古人笔记很少涉及的题材。庄子曾云，“道在屎溺”，“干屎橛”也见诸禅宗语录，可见屎尿并不是不能写的事物。齐氏写的这两则，从污秽中看得出人性是怎样在被践踏，被贬低，深长思之，也就可以“顿悟”，不必禅师来敲脑壳。

《考试情形》一则写到清朝光绪年间保定秀才考场中大小便的情形，真是可笑亦复可怜。各人座位下置有一小瓦盆，专供撒尿。拉屎虽有厕所，但如果去那里拉，则须将考卷暂时交给监考的教官，完事后虽可领回接着做完，但教官已在卷面上印上一颗黑图章，此图章通称“屎戳子”，此卷乃另放一处，不再评阅，任你做得多好，也无考取秀才之希望了。于是考生都不敢离座上厕所，实在非拉不可怎么办呢，齐氏笔记云：

（考生只能）脱下自己之袜子来，即便在里头，自己带着出场，或丢在场内。这样的大便法，坐在前后左右的人当然受熏而不高兴，这本可以喊监场教官，勒令他出去。但大家都念三年才考一次，好容易才入了场，倘离座大便，则这次等于白来，想进秀才，还得等三年，所以大家也都同情他，只好自己忍受，不肯告发，这总算是众人的仁慈。但是试场内可就脏污多了……不但大便，连小便也都是洒一地，安得不骚臭难闻。所以第一场考还好，以后一场比一场难闻，这不能不算是一种虐政。

虐政就是非人性的管理。有一句大俗话说得好，“管天管地，管不得拉屎放屁”。因为拉屎放屁是生理现象，只能顺其自然。考生被迫将屎拉在袜子里，即可见当时考试制度以及整个制度之缺乏人性。

《办俭学会》一则写宣统三年（一九一一）送工人去巴黎“豆腐公司”（李石曾所创），坐在行经西伯利亚的火车上，二十多个工人都是北方乡下招来的青年，最伤脑筋的便是他们拉屎的问题。

（这些人）没见过外国的抽水马桶，都是蹲在上头，火车又摇动，拉的各处都是屎，还得替他们擦洗。便桶里放水，只能洗里边，且水亦无多，每到大站，总要打水，好在自己有大水壶。一次，我告诉大家必须留神，以免贻笑于人。一工人曰：他们怎么知道是我们拉的呢？

鲁迅死前两周还在希望有人译出 Smith 的一本书，名叫《中国人的素质》(鲁迅译为《支那人气质》)，几年前总算有人译出，于上海出版。如果没有时间通读它，只要看看《齐如山回忆录》笔记大小便的这两节，亦可见一斑矣。

文官的俸禄

（2006.2）

公务员工资是大家关心的问题，清朝文官的俸禄也就是那时公务员工资的水平却是相当低的。人们常说“升官发财”，那时候升官其实并不能发财，除非做贪官。

《大清会典》卷二一“文职官之俸”条：

> 一品岁支银一百八十两，二品一百五十两，三品一百三十两，四品一百五两，五品八十两，六品六十两，七品四十五两，八品四十两，正九品三十三两有奇，从九品、未入流三十一两有奇。

此为基本工资，称“正俸”；而“京员(中央机关和京城地方官员)例支双俸”，即在基本工资之外加发同样数目的津补贴，称“恩俸”；此外“每正俸银一两兼支米一斛，大学士、六部尚书侍郎俸米复加倍支给”。三者相加，就是清朝公务员的工资了。

清朝不设宰相，一品当朝的大学士便“位极人臣”了。但升官升到大学士，年薪亦不过正俸一百八十两加恩俸一百八十两再加俸米三百六十斛(一百八十石)，按十二个月平均，每个月的收入仅有银三十两、米十五石，这又如何能发财呢？

那时候，随你做好大的官，自己使用的人，上至幕友师爷，下至门房仆役(更不必说红袖添香的女秘书)，都得自家雇用；坐轿乘车，公家也不报销，必须自备。何刚德《春明梦录》云：

> 王公大臣许坐四人肩舆……然亦有不坐轿而坐车者……则以贫富论，不以阶级分也。缘坐轿则轿夫四人必备两班三班替换，尚有大板车跟随于后，且前有引马，后有跟骡，计一年所费，至省非八百金不办；若坐车，则一车之外，前一马，后或两三马足矣，计一年所费，至奢不过四百金，相差一倍。京官量入为出，不能不斤斤计较也。

何刚德任京官十九年，最后只做到五品郎中(司局级)，《春明梦录》云：

> 余初到京，皆雇车而坐，数年后始以二十四金买一骡，雇一仆月需六金；后因公事较忙，添买一跟骡，月亦只费十金而已，然在同官汉员中已算特色，盖当日京官之俭，实由于俸给之薄也。

五品官年俸银百六十两、米八十斛，这百六十两银子付过了每月十两的骡马费，便只剩四十两，何刚德一家人的生活，四十两银和八十斛米又如何能够维持，势不能不于官俸之外另行设法。《春明梦录》也多少透露了一些这方面的信息，如云：

京官廉俸极薄，本无贫富之别，而所赖以挹注者，则以外省所解之照费、饭食银，堂(各部首长)司(郎中等司官)均分，稍资津贴耳。各部之中，以户部为较优，礼部尚书一年千二百金，侍郎一年八百金而已。

讲到他自己，则：

有印结银，福建年约二百金左右(他在吏部分管福建)；吏部有查结费，与同部之同乡轮年得之，约在印结半数；此外即饭食银也，饭食银每季只两三金耳；得掌印后，则有解部照费，月可数十金，然每司只一人得之，未得掌印，则不名一钱也。

何刚德"在同官汉员中已算特色"，就是因为他"得掌印"的缘故。

这些都是公开的额外收入，此种收入"以户部为较优"，但即使升官升到户部尚书侍郎，光凭额外收入生活仍然只能是清贫的。何刚德的乡试座师孙诒经为户部侍郎，兼管三库，有次说家里有菜，留何吃饭，六个碗里盛的却不过是些炖肉和炒肉，还有一次，"乃以剩饭炒鸡蛋相饷"。何刚德不禁感慨系之地说道：

> 户部堂官场面算是阔绰，而家食不过如此，师之俭德，可以愧当时之以八十金食一碗鱼翅者矣。

孙诒经的俭德是表彰了，那“以八十金食一碗鱼翅者”是谁，他的官俸是多少，食鱼翅的银子又是从哪儿来的呢，《春明梦录》却没有说。

说书吏

（2006.2）

书吏，词典解释为“承办文书的吏员”。

民国元年，陈恒庆用“谏书稀庵主人”的别号，刊行过一册《归里清谭》，其中谈到清季六部书吏弄权索贿，财多势横，“远非寻常司员（司级官员）所及”，甚至尚书侍郎也奈何他们不得。如户部书吏史恩溥（松泉），在发给山东黄河工程费时索贿一万两，因为山东巡抚张曜和户部侍郎孙诒经系儿女亲家，便告诉了孙。孙却是个好官，《清史稿》本传称其“一时为学者所宗”，“风采皆隐然可见”，此时已入直毓庆宫，称“帝师”了。他得知此事后，极为震怒，即将史传至户部大堂，当众严讯，立予斥革，并勒令缴出赃银一万两，然后交坊（管理治安刑案之处）关押候审。

书吏非朝廷命官，一雇员耳，如此处理，并不过分，当时还有御史说孙办得太“轻纵”。殊不知此辈蠹吏手眼通天，部内上上下下，部外方方面面，都为史某开脱，对孙则蜚语中伤，阴施报复。结果史以“讯无实据”结案，仅谓其“平日车马衣服，奢侈逾度，其为遇事招摇，声名狼藉，已可概见”，予以杖一百（吏胥辈本可杖责），徒三年（事实上羁禁一年便开释了）；孙诒经“办理殊属失当”，反奉上谕，“应得罚俸一年处分”，“着毋庸在毓庆宫行走”，撤去了“帝师”之任，仕途从此打止。陈恒庆说：

> （史）释出后，豪富自如。房屋连亘，院落数层，皆四面廊厢，雨雪不须张盖。日日有美伶为之烧烟，其酒食之美尤异寻常，绍酒每坛百斤或五十斤，陈过十年，而后开斟，醇如胶，甘如醴，饮至十杯则醉如泥，而不作酒恶，酲解时喉润如酥，都中沿街酒帘飘扬门牌华丽者无此佳酿。馔有白官燕（窝），以烧鸭丝加青嫩竹笋和炒之，以饷老饕，予可食一篚。又有自造南豆腐，鸭汤煨之，上加金华火腿细末作红寿字，鲜明不忍下箸，侑酒者以匙送予口，乃食之。

其势焰之了不起，从陈恒庆艳羡的口吻中，可谓原形毕露。

陈恒庆在书中还交代了史恩溥为什么要请他饮宴的原因，说史“既脱书吏籍，日与吾邻往来，予尝见之，故相识。其门外安上马石两大方（书吏家所不应有，斥革后更不应有），巡街御史逼其拆去，丐予为之缓颊，认修正阳门外石桥一丈，事乃解，故以盛馔相饷。”他对史家的佳肴美酒是极感兴趣的，从此“每逢投柬邀饮，则欣然而往”。

书吏的地位本来远低于士大夫，但只要贪污受贿搞足了钱，即使案发被开除，被拘讯，仍能大事化小，依然“豪富自如”，进士出身的御史老爷也乐与周旋，供其驱使了。

再说书吏

（2006. 2）

《归里清谭》还通过京师一名妓女的故事，写出了书吏的有财有势。此妓女名红玉，她“美姿容，名噪一时，善歌又善谑”。陈恒庆在工部做官时，部里同僚常聚饮其家。主政孙蓝田众呼“蓝田哥”，红玉谐称为“烂甜瓜”，居然成了流行的绰号。郎中曹晓峦，红玉则呼为“曹捣乱”，有回曹佩带的荷包坠子用了料器，红玉便叫道：“大家快来看曹捣乱这块料！”引起哄堂大笑。官员们都艳羡红玉的美色，限于财力又无法独占；结果部里一名书吏王维寅却一掷二千金，将红玉买回家做了小老婆。陈恒庆写道：

> 同僚大失所望，与予相商曰：“王书吏维寅为吾辈属员，夺众人之所好，可恨也，君能令其暂让我辈一见红玉乎?”予曰：“……高南阜……得汉印一方……运司索观此印，意欲夺之。南阜曰：“生平不能与人共者，山荆与此印耳。若王书吏以此言相答，可奈何?”

书吏恃富夺美，官员吃醋拈酸，上下不分，丑态活灵活现，官场上也就谈不到什么规矩不规矩了。

陈恒庆在书中还写了一个国子监的书吏李秋宾，云：

> 予初不识之，一日与郭虞琴表兄在戏院观剧，开戏半日后，忽见有仆数人，携豹皮坐褥、细瓷茶壶、白铜光亮水烟袋，尚有二三优伶，拥一肥胖老者登楼。少顷，年少名优相继上楼陪侍，园主人周旋殷勤，送茶点者络绎不绝。虞琴瞪目视之，问予此何人也，曰不知。数日后，邻家演戏邀客，此人在座，始知其详。

国子监为教育机构，其衙门是真正的冷衙，办办“国学生”的文凭执照而已，油水比别处少得多。那里的书吏排场却仍然如此铺张扬厉，此辈的专擅恣纵和人们“不怕官只怕管”的情形亦可想而知矣。

如今统称官吏，过去官是官，吏是吏，官有朝廷任命的品级，吏则是雇来办事务的。蠹吏贪污索贿，搞足了钱，即使劣迹败露，仍然安富尊荣；做官的有书吏供奉，自己不直接贪污，也能享受奢华淫靡的生活。他们各得其所，受罪的只是平头老百姓。

戒贪碑文

（2008.9）

王平拍的照片和他写的文章一样好。不久前他游开封，在仿古新建的“开封府衙”前见到了刻在石碑上的四句话：

尔俸尔禄，民膏民脂。
下民易虐，上天难欺。

将其拍成照片，配上文章，在杂志上登了一版，建议“现在政府部门的大院里，都竖上这样一块石碑，让贪官们每天看看这十六个字，也多少心存敬畏”。

王平的用心是好的，但他的建议即使能被采纳，我看亦未必能够收到什么效果。

王平拍下的这四句碑文，是一千多年前五代时后蜀国主孟昶的作品，有二十四句，见《全唐文》卷一百二十九，原题《戒石文》，全文如下：

朕念赤子，旰食宵衣。

托之令长，抚养惠绥。
政存三异，道在七丝。
驱鸡为理，留犊为规。
宽猛得所，风俗可移。
无令侵削，无使疮痍。
下民易虐，上天难欺。
赋舆是切，军国是资。
朕之爵赏，固不逾时。
尔俸尔禄，民膏民脂。
为民父母，莫不仁慈。
勉尔为戒，体朕深思。

看得出这是孟昶在“戒”蜀国的百官：应该满足于爵赏和俸禄，民膏民脂不要无止境地榨取，“上天难欺”，怕遭报应啊。用心亦不可谓不好，但是“戒”住了没有呢，当然没有。孟昶称“朕”也只称到四十六岁，宋灭后蜀，他便称不下去了。

宋朝统一了中国，太宗皇帝从孟昶的二十四句中“拿来”四句，颁行天下，刻石立碑，永垂诰戒。此举堪称漂亮，不像后来的僭主寡头，刚刚夺权成功，便忙着铲碑换匾。也可能是他对赵家统治的合法性还有自信，故不必急于抹杀前朝功德，大树自己威风吧。再加上黄庭坚又会写字，所书碑文各地争相摹刻，称为“戒贪碑”，成为北宋官衙一景。

但朝廷想“戒”的事情还是“戒”不了。宋人笔记《瓮牖闲评》记有当时社会上流传的一则黑色幽默，便是在上面四句的后面各加上一句，成为这样八句：

> 尔俸尔禄，只是不足。
> 民膏民脂，转吃转肥。
> 下民易虐，来的便著。
> 上天难欺，他又怎知。

用来形容《水浒》《金瓶梅》中一干鸟官岂不正好。

只要“下民易虐”的状况不根本改变，民膏民脂被贪官“越吃越肥”的现象即无法避免，“戒”是无论如何“戒”不了的。

虐民者谁，官也。一切由官作主，下民就“易虐”了。

要使“下民易虐”变成“下民难虐”，只有先将“官主”改成“民主”，靠宣示“上天难欺”是没有用的。不信神鬼的人是无所畏惧的，难道会跟王平好心希望的那样，看到衙门口的戒贪碑便“心存敬畏”吗？

要当清官不容易

（2008.10）

钱泳《履园丛话》和梁章钜《归田琐记》，都记载过“天下第一清官”张伯行的事迹。清康熙时他做江苏巡抚，严拒下属送情送礼，传檄公示道：

一丝一屑，我之名节；
一厘一毫，民之脂膏。
拒一分，民受惠不止一分；
取一文，我为人不值一文。
谁云交际之常，廉耻实伤；
若非不义之财，此物何来？

而且说到做到，谁知却惹恼了总督噶礼。

噶礼为满族亲贵，习惯贪污受贿，张伯行要当清官，很碍他的事，便不断向皇上打小报告，说张“专事著书，猜忌糊涂，不能清理案牍”。康熙四十九年江南乡试，噶礼伙同考官贿卖举人，得银五十万两，张伯行接到举报，上疏参他。他却抢先出政治牌，反告张包庇戴名世《南山集》一案，奏云：

> 《南山集》刻版在苏州印行，伯行岂得不知？进士方苞以作序连坐，伯行夙与友，不肯捕治。

都是要杀头充军的罪名。

督抚互劾，朝廷不得不派大员来查。噶礼有钱有势多方活动，张伯行一贯清廉不会交际。于是认定：贿案虽然属实，其罪只在考官，噶礼应予免议；张伯行虽与戴案无涉，参噶礼却是“妄奏”，当革职赎徒(罚款抵刑)。幸亏康熙想做明君，想保清官，另派人来复查，复谳仍依原议。这下圣心不悦了，谕云：

> 噶礼……屡疏劾伯行，朕以伯行操守为天下第一，手批不准。此议是非颠倒。下九卿詹事科道察奏。

发动群臣来评判噶、张的是非功过。但察奏的结果，仍是“互劾失大臣体，皆夺职”。

皇上明明讲了“此议是非颠倒”，为何还不把颠倒了的是非颠倒过来，还要混淆是非各打五十大板呢？岂不是俗话所说“贪官人缘好，人人都愿保；清官自管清，个个都不亲”的缘故么，要当清官委实不容易呀。

但康熙毕竟可算是位明君，他需要保全“天下第一清官”。噶礼政治上整人得利，利令智昏，又揭参江宁知府陈鹏年《重游虎丘诗》为“诽谤”，想再制造一桩文字狱转移视线，并立功补过。这回他却打错了算盘，康熙正在为群臣不明是非生气，遂谕云：

> 噶礼操守，朕不能信，若无张伯行，江南必受其朘削且半矣。即如陈鹏年稍有声誉，噶礼欲害之……互劾之案，遣大臣往谳，为噶礼所制。尔等皆能体朕保全廉吏之心，使正人无所疑惧，则海宇蒙升平之福矣。

张伯行始得留任，噶礼则终被革职。几年后他谋杀继母未遂被赐死，则是别一案件，与张伯行无关了。

这是三百年前的事情，如今已经没有皇帝，靠圣天子“保全”是难得了。清官贪官则总还是有的，我耳目闭塞，只能从报纸上找例子。督抚(省部)级的贪官至少有一陈希同，其制造“政治大案”的手法亦仿佛噶礼乎。清官如张伯行者则尚未找到，希望他再“不容易”也要坚持下去，最后总得能够让我找到才好。

神鬼也分官大小

（2008.10）

旧中国实行“官本位”，不仅活人归大大小小的官管着，死人也要归大大小小的“官”管着，这就是大大小小的庙里的神，小到土地庙里的土地菩萨，大到玉皇殿中的玉皇大帝。

清人陈其元《庸闲斋笔记》卷八中，曾记述他道光九年在杭州十五奎巷读书时，见巷中有座神庙，供的神是行刺秦桧的“殿前小校”施全。庙中香火盛，收入多，管事的人觉得小校官衔不高，不够风光，便派人到江西龙虎山天师府，花三百两银子为神捐了个伯爵头衔，于是按伯爵的规格标准，大办赛会，大出风头，成为轰动一时的盛事。

陈氏还记述道：神驾出行，经过别的庙时，例须投帖问候。《精忠岳传》中“泥马渡康王”的泥马也成了神，庙号“白马明王”，并且有了姓名曰赵骏。既然成了王，爵高位尊，过别的神庙时所投拜帖便自称“愚弟”（清朝的习惯，上级对下级，或同级相对，才能自称为“弟”）。有次过康王庙，庙里的管事却出来拦着骂道：“尔神乃是吾神的坐骑，怎可向吾神称弟，无礼太甚，非罚不可”，闹出了一场纠纷。

按规矩，官小的神过官大的神庙时，出行队伍只能快步通过，以示尊敬，谓之“抢驾”。是年五月，关庙循例出会。关公早封了“协天大帝”，爵位最高，经过祀奉玉皇大帝的宗阳宫时，自亦无须抢驾。这回宗阳宫的管事却另出花样，连夜塑了一尊诸葛亮的坐像，摆在庙门前，当关庙队伍前来时，便着人上前问道：“关将军未得本军师将令，意欲何往？”游行会众无话可答，只好自宽自解：“既然军师在此，那就不能不抢驾了。”

这类举动，带上了游戏的色彩。陈其元还举了个例子，关公塑像手中拿扇，款落“云长二兄大人属，愚弟诸葛亮书”，因谓“所本皆小说家言，慢神不经，荒诞无理，真令人捧腹”。但捧腹者只有陈其元这样有知识有文化的人，一般民众即使在游戏中，对“官大一级压死人”的规则还是心悦诚服，乐意遵行。

我自己也是旧中国过来人，迎神赛会小时见过不少次。上世纪五十年代，这种热闹突然完全消失。但没过多久，差不多同样的仪式又在早请示、晚汇报、大游行、忠字舞中复现，只变了膜拜的神灵和颂祷的词句。故知中国人虽乏宗教热情，却有敬神习惯，总是心甘情愿向主宰自己祸福的权威低头屈膝。

鬼神本是阳世上官的化身。岳飞和关羽，在“历史”上早已成为尊崇的对象，“没则为神”，经过历代君王的敕封，便成了庙里的岳王和关帝。君不见，如今配合着各地“村官”“乡官”的出现，大大小小的神庙不是都正在纷纷恢复吗。

第六辑

念楼题记十则*

（2015.12）

题记尤其是给别人题的，总是捉笔便写，写好便送，送走便忘。但日后偶然再见，又会多少感到亲切，觉得总是自己生活的一点印记，未能恝然置之。前几年见到有人将其公开，于是有时便设法留底，如今有机会发表，就发表几则，字句或小有修改，特此说明。乙未冬十一月十二日，念楼。

（一）为王金魁题《书前书后》

此书流落冷摊，可读性自然不高，收藏价值更不会有。但王君嗜痂之癖仍当尊重，遂为录放翁句：

万卷虽多当具眼

此实可称警句，我常诵之，以戒读书浮滥，愿与王君共勉。甲申秋。

* 原载二〇一六年二月二十九日《文汇读书周报》。

（二）为朱昌远题《天窗》

愿读吾书，即是吾友。昌远先生虽无缘相识，亦吾友也。尤其感谢能为改正书中错字，重印时当遵改也。乙酉谷雨前记。

（三）题姜威墓石

姜威君远行，以饮冰室集稼轩白石句送之：

更能消几番风雨，
最可惜一片江山。

这是我顶喜欢的两句词，感慨苍凉，令人扼腕。姜君曾嘱写作楹联，未及应命，遽闻噩耗。痛英才之早逝，感人生之无常，挥涕书之，以志伤别。辛卯正月初十日。

（四）题《暴方子纪念集》

难得居官不爱钱（凤竹孙），
使君今亦餐廉泉（邓邦述）。
茫茫飞絮长安道（俞陛云），
吏俗清淳感昔年（段凌辰）。

两次校刊《林屋山民送米图卷子》，于暴氏深为敬仰，集卷子中前贤题咏句以为纪念。癸亥夏于长沙。

（五）题《左右左》赠《书简》编者

书简是人们交流的载体，出土帛书简牍中即多有，我就为“流沙坠简”中的“致春君”写过文章。用上纸以后，传世的信件越来越多。谁知如今进入了电子时代，用笔墨写信的人反而越来越少了。《书简》刊行今人书信，为后人预留“坠简”，很有意义。多年屡蒙赠刊，甚为感谢。此册中影印两信，或可进入贵刊，略表微意耳。癸亥年。

（六）题赠刘中蔚

写文章没有别的诀窍，只有一字曰简单。

知堂《风雨谈·本色》篇中语也，刘中蔚君函询作文之道，无能回答，录以付之。癸亥冬。

（七）题杨栋梨花楼

梨花楼内满芬芳，不是花香是墨香。
画就读书图一卷，沁河凉雾入晨窗。

《梨花楼淘书日记》书名甚好，此书名则嫌累赘，何不叫《梨花楼读书漫画》乎？作序则本不敢，刚刚在《人之患·自序》中宣布过“不再为患”，就更不敢了。但我对汉魏古城中的梨花楼却是向往的，打油四句为贺，请勿笑鄙陋也。甲午初。

（八）题董宁文开卷楼

开卷有益；
触罗无妨。

白居易诗：“鸟解高飞岂触罗”。鸟若不解高飞，即难免触罗；但只要本不想飞上枝头变凤凰，则正亦无妨乎。甲午春日。

（九）题《左右左》寄于晓明

齐声左右左，都是应声虫。
步步要回头，时时得小心。
一脚踩错了，先生会打人。
可怜幼稚园，怎样能脱身。

先生当然不会真打，但八十年前在幼稚园学兵操的紧张情形，好像仍在目前也。甲午冬。

（十）题张梦蜨《旧书店情人》

人生在世，总要做梦。因为《齐物论》中“自喻适志”的境界事实上难以达到，所以只能去梦里追寻。寻得到寻不到呢？实在也没有把握，唯愿那旧书店还会在原处才好。我与梦蜨君无缘相识，名字亦未必写得对。但庄生梦蜨的故事印象深刻，于是便这样写了。如果错了，乞勿怪罪，至少这个梦字是不会错的吧。乙未春。

念楼俚语题记七则 *

（2016. 10）

（一）题王平《倒脱靴故事》

王平写长沙，倒脱靴故事。
我亦老长沙，喜而为题志：
南门到北门，七里又三分。
街巷密如网，户口聚如云。
寒暑惊天变，冷暖感人情。
王君生市井，歌哭与群同。
滴汗和墨写，升斗小民心。
见微可知著，长吁思古今。

“倒脱靴”，长沙小巷名，“南门到北门”二句为长沙习语。

* 原载二〇一六年十月十日《文汇读书周报》。

（二）题顾国华编《文坛杂忆》

文章千古一身轻，坛席薪传苦用心。
杂采成书三十卷，忆前朝事警当今。

平湖顾国华君以三十年辑二百老人回忆成书，题此志贺。

（三）题向家中学校门

向来无后进；
家国有前途。

向家镇为平江老家所在地，七至十一岁曾居此。学校则是后来才有的，并没有进过也。

（四）谢崔文川为作赠书票

多谢崔文川，长安一支笔。
为作夜读图，青灯照孤寂。
愧我少藏书，家徒四壁立。
苦想文海宽，枯鱼过河泣。

崔君为作藏书票，请其改作“赠书票”，画一短檠，颇饶意趣。

题此志谢，末句从古乐府中盗来，寒伧极矣。

（五）题彭国梁为作漫画像

诗人作画师，妙写众生相。
短笔三寸长，才情高百丈。
不肯入院门，跟它全两样。
得此我喜欢，管它像不像。

“院门”者，画院之门也。文章不必出于“文联”，作品不必出于“作协”，绘画亦不必出于“画院”乎。

（六）题王平书房

王道行人道；
平常即正常。

古之雄主，多行霸道，太霸即成 Machiavelli 所崇之兽道矣；老百姓则总望能行王道，也就是多讲点人道主义吧。

佛说西方，耶讲天国，都是看不见摸不着的；普通人其实没有那么多想法，所要的不过是平常的正常生活而已。

（七）题赠《问红》杂志

哭尽花魂与鸟魂，风刀霜剑杀春温；石兄一把辛酸泪，
岂为区区儿女情。
人间自是有情痴，地老天荒一首诗；欲报伤心无泪答，
眼枯肠断已多时。
女娲无术补情天，自剖心肝忏绮年；了却身前身后事，
秦淮旧梦总成烟。

张建智君主编《问红》杂志，来信索题。五十年不读《红楼》矣，只能将勉强记得全的旧作三首录寄，以志少时幼稚。

丙申八月初一抄寄。

打油代作文 *

（2017. 1）

（一）打油代作文

打油代作文，有三大好处：
作者想偷懒，能少写几句；
编者省麻烦，节约了篇幅；
读者也开心，不闻裹脚布。
人生只须臾，交卷匆匆去；
临行叫几声，今已无恐惧。
此上宁文君，锺叔河谨具。

（二）寿李锐百岁

阅尽君王阅尽神，楚虽三户必亡秦。
照夜寒光长不灭，汨罗江上老人星。

* 原载《开卷》二〇一七年第一期（总二〇二期）。

一九四九年八月进报社时，李锐是社长，同为平江人，有一些接触。当时解放战争还在进行，听他对照时局，讲过秦灭六国和六国亡秦的故事。

平江古楚地，汨罗江流经全境。《史记正义》：“老人一星，在弧南，一曰南极，为人主占寿命延长之应。”

（三）赠安化人萧跃华

安化在幽谷，却曾出陶澍。
书生督两江，东南为砥柱。
又出黄自元，书法称独步。
大写正气歌，人人知敬慕。
蓝田办国师，学者如云聚。
钱家父与子，百年难再遇。
翩翩金克木，咳唾皆珠玉。
伟哉储安平，直声满衢路。
葱葱梅山青，汩汩湄水注。
勉之萧跃华，勿坠文明绪。

安化在梅山深处，湄水出焉。此地在清代出过陶澍和黄自元等名人。抗战时国立师范学院设于境内蓝田镇上，钱基博锺书父子及金克木储安平先后来此执教。

（四）题张掖读书会

大汉张掖，文风远扬。
来此读书，长乐未央。

应劭《汉书集解音义》：“张国臂掖，故曰张掖也。”《说文》云，掖，“一曰臂下也”，后始作腋。张掖即甩开臂膀的意思，首句用此义，并不是说地名。

（五）题八七年版《泽泻集》

三十年前印旧书，摩挲字迹已模胡。
存亡继绝真难事，不怕丢差不怕输。

一九八五年开始在岳麓书社印行周作人著作，未及印完，便丢了差事。所幸者时移事易，后来者不会再碰这种钉子了。

（六）题仲兄词稿（临江仙）

莫笑无多华丽句，篇篇都是伤心。
此生滋味太酸辛。
才经离别苦，又送别离人。
　春去秋来容易过，只愁花落匆匆。

激情热血已全倾。

弟兄俱老矣，相倚看残红。

（七）题义侄家庭影集（苏幕遮）

神鼎山，伤心地。

少小离家，叔侄如兄弟。

七十多年泥带水，一路行来，真是谈何易。

恨流光，无留意。

喜得妻贤，很少生闲气。

对镜簪花犹未晚，且乐天伦，不必忙归计。

义侄只小我三岁，幼失怙恃，幸自知努力，育子成材。今夫妇偕往海外探亲，题此留念。

神鼎山为平江旧家，与侄少时歌哭之处。

（八）题周实《起死回生》

活色生香秘戏图，纤毫画出不模胡；随园小说升庵笔，却让周郎出一头。

白虎青龙斗几场，坎离交媾合阴阳；洪荒宇宙初开凿，本是人生第一章。

做了夫妻失乐园，天堂赶出到人间；无花果树青青叶，遮住机关若许年。

分明来去赤条条，痛苦欢娱总一遭。生死关头勘不破，灯前掩卷雨潇潇。

袁枚《控鹤监记》写性事多夸诞，杨慎《杂事秘辛》状女体嫌轻薄，现代读者已难认同。亚当夏娃赤身相对，自然状态本属正常，后来遮掩才成禁忌。周君之作，别开生面矣。

嵌名联十首(录五首)*

(2019.2)

嵌名联将对象的名字拆开，嵌入上联和下联，例如晚清时某人赠妓女大姑的“大抵浮生若梦／姑从此处销魂”，本来只是文字游戏，但亦可以有点寄托。我曾作过几首，友人要看，即依写作先后抄以付之，嵌名题词二则捎带抄在一起。望九之年，又多病痛，此时此境，也只能作作此类文字游戏了。

己亥正月。

(一)董宁文开卷楼

开户市仍远；
卷帘天自高。

楼在南京，开门即市。然陶公云：“结庐在人境，而无车马喧。

* 原载《芳草地》二〇一九年第二期(总七〇期)，原十首中有五首已见前文，将其删去后此处只录五首，但小标题仍保留原有序号。

问君何能尔，心远地自偏。”可见只要主人的心能与喧嚣奔竞保持距离，楼去市仍会是远的。

“卷帘天自高”，古乐府《西洲曲》句。

（四）周实书房

周道如砥直如矢；
实熟在秋不在春。

《诗·谷风》“周道如砥，其直如矢”，完全是正面的歌颂。但个人的性格若真如矢，不仅直，而且尖锐，又会有人不喜欢，带来各种各样的麻烦。不过我以为，好的果实到时候自会成熟，别人喜欢不喜欢其实无关紧要也。

（五）胡竹峰书房

春雨泼怒竹；
夏云多奇峰。

“夏云多奇峰”，陶渊明句。胡君文有奇气，借以写之。

上句则写其生气，此最难得，故最可贵。老朽如我，是早就全是暮气了。

(七)《平江风情》

平民能富足，
江清山野绿，
风俗重朴诚，
情深仁义笃。

这是我对故乡昨天的记忆和今天的期望。

(十)龚曙光《满世界》

曙色烧熔满世界；
光尘洗净好文章。

与龚君往来少，十多年只两回，交谈不上十句，但文章亦不必熟悉的才会觉得好。

上联是作品给我的读后感：欧洲历史上也曾经持续上千年的 Dark Ages 早已被现代化的“曙色烧熔”，“满世界”看来亦概莫能外矣，这当然很好。

下联是作者给我的总印象：他任高管，入官场，和光同尘自然难免；而能存本色，祛俗气，坚持写作，文字亦洗练干净，引人入胜，也确实很好。

这两个很好，便是我为题此十四字的缘故了。

图书在版编目(CIP)数据

青灯杂抄/锺叔河著．—长沙:岳麓书社,2021.4

ISBN 978-7-5538-1401-8

Ⅰ.①青…　Ⅱ.①锺…　Ⅲ.①散文集—中国—当代　Ⅳ.①I267

中国版本图书馆 CIP 数据核字(2020)第 190960 号

QINGDENG ZACHAO

青灯杂抄

作　　者:锺叔河

责任编辑:李缅燕

特约编辑:王　平

责任校对:舒　舍

封面设计:格局创界文化传播

封面摄影:李　锋

插图制作:唐　巍

图文排版:刘晓霞

岳麓书社出版发行

地址:湖南省长沙市爱民路 47 号

直销电话:0731-88804152　0731-88885616

邮编:410006

版次:2021 年 4 月第 1 版

印次:2021 年 4 月第 1 次印刷

开本:889mm×1194mm　1/32

印张:12.5

字数:256 千字

印数:1—3 000

ISBN 978-7-5538-1401-8

定价:98.00 元

承印:雅昌文化(集团)有限公司

如有印装质量问题,请与本社印务部联系

电话:0731-88884129